ROSAMUNDO E OS OUTROS

ROSAMUNDO E OS OUTROS

Stanislaw Ponte Preta

Ilustrações originais de **Jaguar**

Prefácio de **Sérgio Cabral**

AGIR

SUMÁRIO

Prefácio (Sérgio Cabral) *9*

Nota à primeira edição 13

Biografia de Rosamundo 15

Os sintomas *19*
Rosamundo e a infiel *21*
O anjo *25*
Carnaval paulista *29*
O desconfiado *33*
Sabe com quem está falando? *35*
Dia dos namorados *39*
Cartão-postal *43*
L'incroyable Monsieur Colellê *47*
Uma certa falta de mosca *51*
O guarda que falava português *55*
As araras da feira de Munique *57*
Vocês, suas folgadas! *61*
Bélgica, capital Velhotas *63*

Nostalgia de fogão *67*
Nisso de semelhança *69*
Pequenino e chato *71*
Conversa de viajantes *73*
O psicanalizado *77*
Os Vinicius de Moraes *79*
Produção para o consumo *83*
O grande mistério *85*
Cara ou coroa *89*
O influente Dr. Rui *93*
Com a ajuda de Deus *97*
Vacina controladora *99*
Filhinho da vovó *101*
Índio a bordo *105*
Comigo não! *107*
Saúde mental *109*
Nesta data querida *113*
O homem que não foi a São Paulo *117*
Brasil, 2063 *121*
Gol de padre *125*
Disco de grã-fina *129*
Pagode no Cosme Velho *133*
Férias conjugais *137*
Da felicidade no lar *141*
Decálogo do homem solteiro *145*
Era a Regininha *149*
Três casos de assalto *153*
Por vários motivos principais *157*
A mudança *159*
O ceguinho *163*
O mistério da casa mal-assombrada *167*
Oh, os poéticos endereços! *171*

Medidas, no espaço e no tempo *175*
A ignorância ao alcance de todos *179*
Latricério (*Com o perdão da palavra*) *183*
Cartãozinho de Natal *187*
Atendendo a pedidos *191*
Cão — Melhor amigo do homem *195*
De tarada e cafezinho *199*
Vaca, porém honesta *203*
A senhora do falecido *205*
Cordão dos come-saco *207*
Mulher medicinal *209*
Máquina de fazer doido *211*
El sombrero *215*
Vovocídio *217*

PREFÁCIO

Foram muitos os motivos que me levaram a adotar a profissão de jornalista e um deles, sem dúvida, foi o sonho de ser Sérgio Porto quando crescesse. Sabia que não tinha talento para criar textos de humor como os de Stanislaw Ponte Preta, mas – quem sabe? – poderia ser um Sérgio Porto cronista, comentarista de música e criador de shows e programas de rádio e televisão. Mas cresci e deu nisso que vocês estão vendo.

Tal confissão fiz ao próprio Sérgio, depois de assistir a um show que ele escrevera para o produtor Carlos Machado, apresentado na boate Fred's, que começava com uma belíssima mulher com um biquíni extremamente provocante entrando no palco e, em seguida, ligando a televisão. A "tela" da TV eram *slides* projetados na parede (estávamos na segunda metade da década de 1960, o que, em matéria de tecnologia, significa quase um século). A sedutora vedete "ligava" a televisão e aparecia Amaral Neto. Ligava outra vez, aparecia Flávio Cavalcanti (lembro-me apenas destes). Ela finalmente virava-se de frente para o público e exclamava com indignação:

– Porra!

O que me aproximou do ilustre xará, na verdade, foi o nosso amor à música popular brasileira. Não chegamos a trabalhar juntos, mas freqüentamos os mesmos eventos, como, por exemplo, a casa em que Cartola e Zica moravam e que era a sede da Associação das Escolas de Samba, um prédio da rua dos Andradas, prestes a ser demolido e que fora cedido pelo então Departamento de Turismo (Mário Saladini era o diretor), desde que a entidade destinasse uma parte do imóvel para moradia do casal mangueirense. Os freqüentadores se cotizavam e Zica preparava uma imensa variedade de pratos (as feijoadas eram inesquecíveis), que saboreávamos para, na sobremesa, saborearmos também os sambas de Cartola. Aliás, nunca é demais repetir que Cartola foi redescoberto por Sérgio Porto, depois de um período de doenças e bebedeiras que o levaram ao ostracismo durante uma boa parte da década de 1940. Afastado, fazia anos, da sua Estação Primeira de Mangueira, o compositor trabalhava numa garagem de Ipanema (como lavador de carros), quando foi reconhecido pelo jornalista, num botequim em que ambos pretendiam tomar um cafezinho. Convidado para participar do programa do Sérgio na rádio Mayrink Veiga, Cartola foi contemplado com o seu próprio renascimento.

Sérgio Porto era desinibido para escrever, mas incrivelmente inibido para falar em público. Lembro-me de um show em São Paulo com a nata da música popular brasileira, em que ele foi o apresentador. Estava nervosíssimo. Tão nervoso que, lá pelas tantas, perguntou a Jacob do Bandolim, que comandava o grupo de instrumentistas encarregados de acompanhar os cantores:

– Estou indo bem?

Resposta de Jacob:

– Muito bem. Para César de Alencar, falta apenas a burrice.

Este é o lado tímido do Sérgio. Em compensação, o outro lado, o do Stanislaw Ponte Preta, é um prato cheio em matéria de talento, de humor e de atrevimento. É o Sérgio Porto que eu jamais conseguiria ser. Este é criador que me deixa suficientemente feliz apenas com a leitura. Vocês não imaginam com que alegria reencontro Rosamundo, Tia Zulmira, Primo Altamirando e tantos personagens do nosso Stanislaw. E mais alegre ainda fico por vê-los tão joviais, tão século XXI.

Sérgio Cabral

NOTA À PRIMEIRA EDIÇÃO

Rosamundo e os outros *é o terceiro de uma série de livros que começou com* Tia Zulmira e eu, *prosseguiu com* Primo Altamirando e elas *e termina aqui, com o último dos personagens mais ilustres da família Ponte Preta, o distraído Rosamundo, posto em evidência sem saber por quê, ou antes, por contingências alheias à sua vontade. O sucesso de* Tia Zulmira, *devidamente encadernada (ou mesmo em brochura), impôs um segundo volume, que deu glória literária a quem não merecia: Altamirando... aliás, permitam-me um parêntesis: Mirinho, pela intrínseca podridão de caráter, não merece coisa nenhuma. Até cadeia pra ele é prêmio... Obrigado pelo parêntesis.*

Prosseguindo: de Altamirando a Rosamundo foi um pulo. O mesmo fenômeno que se verificara antes; uma imposição dos leitores, e cá está o Rosa em livro. Como nas outras vezes, a fórmula é a mesma, crônicas diárias em que o personagem-título é o que está em maior evidência, crônicas escritas em jornais e revistas, selecionadas sem muito critério, para não atrapalhar o leitor assim, como direi... menos exigente, para não dizer ignorante.

Se, durante a leitura, ficarem irritados com as crises de ausência de Rosamundo, parem um pouco, pensem noutra coisa e até — se for preciso — joguem o livro fora. O que eu quero é que ninguém se irrite com o coitado ou por causa dele, sujeito tão simplório, tão bonzinho e tão distraído.

S. P. P. (1963)

BIOGRAFIA DE ROSAMUNDO

Rosamundo das Mercês — e o nome parece escolhido a dedo, pois sua proverbial distração deixa-o sempre a mercê de tudo — nasceu no Encantado, em 1922, ano do Centenário da Independência, ano em que o América F. C. conseguiu ser campeão, ano, portanto, não muito comum. Nasceu, aliás, de dez meses e aí já vai um fato extraordinário, pois todo personagem que não é normal geralmente é de sete meses. Rosa é de dez e há quem diga que isto já foi distração de sua parte: esqueceu de nascer.

Se é verdade ou não, não posso dar informe. Só sei que, realmente, nunca vi ninguém mais distraído; jamais conheci um camarada com tanta capacidade para entrar em frias por causa de sua abstração; em tempo algum haverá um sujeito de presença tão ausente. Filho de Ignacio das Mercês (bicheiro) e Conceição de Tal (após o casamento ficou sendo também das Mercês, é óbvio), que era a lavadeira de Tia Zulmira, Rosamundo é de origem humilde e teria se transformado num inútil qualquer, não somente por não ter posses para aprender, como também por ser incapaz de se fixar em coisa alguma, muito menos no erradíssimo plano de ensino do nosso querido Brasil. Não fosse a impressionante capacidade pedagógica de Tia Zulmira e o Rosa hoje era um marginal pela aí, talvez *public relations*, talvez um deputado, sei lá.

Deu-se que era ele quem levava a trouxa de roupa lavada do Encantado à Boca do Mato, onde reside a sábia parenta. Toda semana aparecia por lá, de alva trouxa à cabeça, sorriso simpático e ar jovial. Numa dessas vezes, houve eclipse do sol e tudo escureceu. Distraído às pampas, quando viu que estava escurecendo, Rosamundo tratou de tirar a roupa e deitar-se. Suas ações sempre foram praticamente maquinais. Deitou-se no sofá da sala e dormiu logo, como sói acontecer com os inocentes. Distraído às pampas, nunca mais voltou para o Encantado.

Claro, Tia Zulmira poderia tê-lo alertado, Conceição poderia ter subido até a Boca do Mato para reclamar o filho mas, se Conceição subiu, ninguém sabe, ninguém viu. Sabe-se, isto sim, que titia, prenhe de boas intenções, praticamente adotou o rapazote e ensinou-lhe as primeiras letras, as primeiras noções de aritmética e acabou sendo sua mestra no trivial. Hoje Rosamundo tem até curso superior e só não exibe os diplomas porque sempre esqueceu de ir buscá-los ao final do curso.

Aos 20 anos Rosamundo teve o seu primeiro emprego, no Ministério do Trabalho: oficial-de-gabinete do ministro, emprego que durou apenas alguns meses, justamente o tempo que o ministro levou para aparecer pela primeira vez no gabinete. O Rosa, que nunca tinha visto S. Exa. ali, perguntou:

— O senhor quer falar com o ministro? — O ministro, para gozá-lo, respondeu que sim, e o Rosa estrepou-se ao fazer esta justa mas distraída observação:

— Então o senhor trate de procurá-lo em casa, pois o ministro é um vagabundo e nunca aparece aqui.

Sua segunda arremetida no setor profissional foi mais desastrosa ainda. Por ser baixinho e leve, foi ser jóquei e, na corrida de estréia, mal foi dada a saída, saiu com o cavalo para o lado contrário, vítima de mais uma crise de distração. Creio que não é preciso acrescentar que antes mesmo de desmontar do cavalo já estava despedido.

Daí para a frente fez de tudo: foi garçom e serviu goiabada com molho ao vinagrete para um freguês; foi investigador de Polícia e um dia encanou o delegado e soltou um facínora; foi até aeromoço e neste emprego quase que morre. Um dos passageiros pediu cigarros e, como não havia a bordo, Rosamundo abriu a porta para ir comprar lá fora. O avião estava a 4 mil metros de altura e — felizmente — ele foi agarrado a tempo.

Tá na cara que um camarada distraído assim não dava certo em emprego nenhum e, de decadência em decadência, ele acabou arrumando um réles empreguinho de vendedor de bilhetes de loteria. Foi a sua salvação: no primeiro dia logo esqueceu de vender os bilhetes e quatro deles saíram premiados, sendo que um com o primeiro prêmio e outro com o segundo. Ficou rico, entregou o dinheiro para Tia Zulmira usar como bem entendesse e hoje ambos vivem de rendas.

Claro, Rosamundo não mora na Boca do Mato, caso contrário Zulmira não seria ermitã. Reside num hotel da Zona Sul e não melhorou nada. Ainda recentemente levou o maior baile, pois, convidado por uns amigos para ir pescar na Barra da Tijuca, aceitou o convite e apareceu lá de espingarda. Mas é um esplêndido rapaz: amável e muito atencioso, quando não baixa o santo da distração sobre ele.

Tem seu fraco por mulheres, já foi casado duas vezes e em ambas deu-se mal, pois esqueceu o endereço do lar e foi dormir com outra; tem mania de comprar discos, embora não tenha vitrola. Como todo cara meio abilolado, gosta de adquirir novidades farmacêuticas: entra nas farmácias, compra quilos de remédio mas nunca toma nenhum. Escreveu um livro excelente, chamado *O crime foi suicídio* (literatura policial), que não foi publicado porque Rosamundo deixou os originais num lotação.

Enfim, as distrações de Rosamundo distraem a gente.

OS SINTOMAS

Há dias que vinha sentindo uma dorzinha fina na virilha. Rosamundo, com aquela distração que é a sua bandeira de comando, só começou a senti-la provavelmente depois de muito tempo, pois até para dor o Rosa é distraído. Na tarde em que percebeu a dorzinha, pensou: "Devo ter me contundido durante o futebol", sem se lembrar de um detalhe importante, ou seja, nunca jogou futebol.

À noitinha a dor diminuíra. Devia ser íngua. Mas Rosamundo é um sujeito muito impressionável. Para se sugestionar é quase um botafoguense, embora torça pelo Andaraí, time que já saiu da liga, mas ele ainda não percebeu. Dias depois, visitando um amigo, com o qual estava brigado mas não se lembrava, encontrou-o acamado, sob a ameaça de seguir a qualquer momento para uma casa de saúde, onde seria operado, em regime de urgência, de uma hérnia.

Entre gemidos o amigo explicava como aquilo começara. Sentira uma dorzinha na virilha. Logo que começou pensou que era uma íngua e nem deu importância. Já nem se lembrava mais da dorzinha quando ela voltou com uma violência quase insuportável. Sentiu primeiro a impressão de que as calças estavam lhe apertando, mas as calças que vestia eram até folgadinhas. A impressão, no entanto, ficara, até dar naquilo: ali deitado, à espera do médico para entrar na faca.

E o amigo gemia. Foi quando chegou o médico, examinou assim por alto e sentenciou: "Temos de operar imediatamente. É uma hérnia estrangulada." E lá fora o amigo de Rosamundo a caminho do hospital. O Rosa, por sua vez, foi para casa, mas não tirava da cabeça a lembrança da dorzinha que sentira, parecidíssima com a do doente.

Sua suspeita transformou-se em pânico na manhã seguinte. Acordara tarde e atrasado para um encontro. Vestira-se no quarto escuro, para não acordar a mulher, e se mandara. Ainda não chegara ao encontro e todos os sintomas que levaram o outro para a operação de emergência começaram a se manifestar nele. Até aquele detalhe da calça que parecia apertar, mas estava folgada a olhos vistos, ele sentia.

Disparou para casa e foi logo pedindo o médico. Estava com hérnia. Deitou-se vestido mesmo, com medo de piorar, e a mulher, apavorada, começou a telefonar para o médico. Chamado assim às pressas, veio imediatamente. Entrou no quarto, olhou para a cara impressionantemente pálida de Rosamundo e mandou que ele se despisse para o exame. E foi aí que o Rosa percebeu que, em vez de cueca, vestira de manhã a calcinha da mulher.

ROSAMUNDO E A INFIEL

Claro, Rosamundo é distraído, mas de vez em quando se manca. Só que, passados alguns momentos, baixa sobre ele aquela nuvem branca que costuma anuviar a inteligência de personalidades dos mais variados setores da vida pública deste País. No caso de Rosamundo, no entanto, ele não fica burro. Fica distraído, somente.

Deu-se que Rosamundo descobriu que sua amada andava vendendo leite fora de casa. Começou a dar bola para um bonitão da redondeza, misto de músculos e Coca-Cola, uma espécie assim... como direi?... uma espécie de monumento ao twist.

Rosamundo não conversou. Apanhou uma caneta e um papel de carta e foi para o banheiro, disposto a escrever um bilhete de rompimento. E se, em vez de ir para o escritório foi para o banheiro, é porque ele é assim mesmo: distraído às pampas.

Pouco depois a cartinha estava pronta: "Sua cínica: Soube por amigos comuns que você está se fresqueando com o Bob. Pois fique com ele, sua cretina. Não pense que, por ser um homem um pouco distraído, eu não perceba as coisas.

Já não era de hoje que eu vinha percebendo essa sua total incapacidade de ser fiel ao seu amor. Antes eu já morara no seu namorinho com Jean-Paul Belmondo, naquele coquetel na casa do Jorginho Guinle. Aliás, você vai muito ao apartamento de Jorginho Guinle e tá na cara que pra rezar não é. Portanto, vá rebolar no raio que te parta e me deixe em paz. Considere-se descompromissada comigo e dane-se — a) Rosamundo das Mercês — P. S. — Não adianta telefonar, porque o telefone está desligado. Eu esqueci de pagar a conta este mês."

De fato, distraído como é, Rosamundo esqueceu de pagar a conta. E sua distração é muito pior do que se pode imaginar. Tanto que meteu a carta no bolso e nem se lembrou mais.

À noite, seguindo um hábito diário, telefonou do vizinho para a casa da "cínica" e disse "Alô, meu bem...". Enfim, para encurtar a conversa: jantou com ela no Top Club e depois esticou no Sacha's. Só de madrugada, quando foi deixá-la em casa, é que se lembrou da carta. Após dar-lhe um beijo, ela perguntou: "Amanhã vamos ao coquetel na casa do Jorginho?" Deu aquele estalo em Rosamundo; tacou-lhe uma bolacha nas bochechas e foi embora. Até agora a moça não entendeu e só encontrou uma explicação para o tapa: "Acho que o Rosa tem lido muito Nelson Rodrigues ultimamente" — pensou ela.

O ANJO

O marido solto no verão — por força do veraneio da família — é um homem que muda por completo seus hábitos e atitudes ao sentir-se libertado dos compromissos domésticos. É um homem sem horário para comer, para dormir e até mesmo para trabalhar.

O marido em disponibilidade nos dias úteis, porque no domingo sobe para Petrópolis, Teresópolis, Friburgo ou lá onde tem a família, assume uma segunda personalidade, até então insuspeitada, e é um homem de estranhas atitudes, mutáveis segundo a influência de amigos e acontecimentos.

Tenho encontrado maridos a fazerem as coisas mais extravagantes possíveis, qual boi de curral, que — segundo dizem os entendidos em gado vacum — quando solto no pasto lambe-se todo. E, dentre esses maridos, o mais estranho é o tímido. Tomo para exemplo o Rosamundo, cuja esposa, senhora de proporções — digamos — cinemascópicas, cerrado buço e intransigência doentia, sofre de pertinazes *pruridibus cutaneus,* doença que o vulgo houve por bem denominar brotoejas. Tal senhora, mal começam a subir os termômetros, sobe também, mas para a serra, a se coçar toda e a lamentar as férias forçadas que dará ao marido, criatura quase santa, homem que terá entrada franca no céu se, quando lá chegar, mostrar a fotografia da esposa a São Pedro.

Ele faz parte do grupo de maridos que, mesmo com ampla liberdade de ação, permanecem tímidos e sossegados num canto, pouco aproveitando a folga matrimonial. Pelo contrário até, noutro dia foi visto a comprar revistas de palavras cruzadas, numa banca de jornal. Surpreendido no ato da compra, explicou:

— É para resolver na cama, enquanto o sono não vem.

Assim é o homem pacato. Mas, dizia eu, um marido solto é um enigma e este não é melhor do que os outros. Acredito mesmo que o tímido, quando insuflado pelos amigos, é capaz das mais extravagantes aventuras.

Foi assim com este. Era, segundo lhe diziam, uma festinha pré-carnavalesca, coisa íntima, só gente da corriola — se me permitem o termo. O Rosamundo, de princípio — e disso sou testemunha —, não queria ir. Vamos que a mulher telefonasse de madrugada, vamos que estivesse na festa uma conhecida dela, vamos uma porção de coisas, que o homem medroso cria uma série de dificuldades antes de se decidir.

Contornadas todas essas hipóteses dramáticas, amigos e conhecidos acabaram por convencê-lo a ir... e bebeu-se fartamente ao evento. Ele também tomou umas e outras, tanto que, quando soube que o negócio era na base da fantasia, gritou entusiasmado:

— Eu vou de anjo!

Arranjou uma camisola enorme (provavelmente da esposa), umas asas de papelão, uma auréola de arame e saiu para a rua, à procura de um táxi. E, como já se sentisse um outro homem, na ausência do táxi entrou mesmo num lotação, criando inclusive um caso na hora de saltar, porque cismou que anjo tem abatimento em qualquer condução.

A festa não era tão íntima assim, como disseram os amigos. Segundo suas próprias palavras, era "um pagode de grande rebolado", no qual ele se meteu todo, já sem nenhuma prudência, cumprimentando senhoras conhecidas, deixando-se fotografar abraçado a uma baiana decotadíssima que encontrara numa volta do cordão, enfim, esteve distraído.

Foi no dia seguinte de manhã que o medo voltou a baixar sobre sua consciência. Mesmo antes de abrir os olhos, pedia a Deus que ninguém lhe tivesse atirado confete, porque confete é uma coisa de morte que a gente pensa que limpou mas que, meses depois, ainda aparece no fundo do sapato, na dobra da ceroula, nos mais variados lugares.

Até a véspera de subir para o fim de semana, remoeu-se em dúvidas e suspeitas: sua mulher já saberia de tudo? Estaria esperando sua chegada para explodir? Essas e dezenas de outras perguntas se fez até o momento de rumar para Petrópolis. Antes comprara todas as revistas semanais, até o *Monitor Mercantil* ("nunca se sabe!"), com medo de que alguma delas tivesse publicado o seu retrato de anjo abraçado à baiana decotada, de quem conseguira o telefone mas a quem tivera a prudência de não telefonar.

Sossegou somente com a idéia de que, sendo a mulher como era, se soubesse de alguma coisa, não esperaria sua chegada para desabafar — teria descido com brotoeja e tudo. Foi mais aliviado, portanto, que chegou em casa, abriu a porta e deu com a gordíssima esposa a esperá-lo.

— Como vai, meu anjo? — disse ela.

Desmoronaram-se todas as suas esperanças. Após um tremido "pode deixar que eu explico", contou tudo que acontecera, sem perceber que aquele "meu anjo" com que ela o saudara era apenas uma carinhosa expressão de esposa saudosa.

CARNAVAL PAULISTA

Vamos reproduzir, com o máximo de fidelidade possível, o que foi o Carnaval organizado pela Rádio América, de São Paulo, que, sob o patrocínio de Coca-Cola, armou um palanque em pleno asfalto paulista e pôs-se a convocar o povo para brincar. Os caros leitores uagaenses terão uma idéia do episódio, através da transcrição, aqui, das palavras do locutor que comandava a coisa.

"Senhoras e senhores, com um palanque armado especialmente para este baile público que a Rádio América, de São Paulo, Brasil, transmitirá com exclusividade, estamos iniciando as nossas atividades carnavalescas. Graças ao alto patrocínio de Coca-Cola, o paulista poderá brincar à vontade. (PAUSA.) Quem foi que disse que paulista não é carnavalesco? Quem foi que disse que Coca-Cola não é refresco? O paulista também sabe brincar Carnaval, amigo ouvinte. E é por isso que a Rádio América, neste instante, convoca o povo para aqui, para diante deste palanque, para neste momento (ou melhor dizendo), para dentro de alguns instantes iniciar este baile público, no qual o povo de São Paulo terá oportunidade de mostrar que também sabe brincar... Coca-

Cola pra refrescar, este palanque para você brincar... Venha você, meu caro ouvinte, venha para diante do palanque da Rádio América, brincar seu Carnaval... Quem foi que disse que paulista não gosta de Carnaval?" (COMEÇOU A JUNTAR POVO.)

"Alô, Fulano... deste lado já estão chegando os primeiros foliões."

"Alô, Beltrano... aqui também já começa o povo a se juntar para os folguedos momescos... Ouvintes da Rádio América, dentro de poucos minutos, através desta emissora, a transmissão de um estupendo baile carnavalesco, com a alegria espontânea do paulista... É uma lenda esta história de que paulista não sabe brincar Carnaval. Paulista gosta de Carnaval sim... Venham todos, venham brincar o Carnaval." (E FOI CHEGANDO POVO. FOI CHEGANDO POVO.)

"Alô, Fulano... providencia aí um policiamento mais efetivo, porque já se faz sentir aqui, diante do nosso palanque, a urgência de certas contenções..."

"Perfeitamente, Beltrano... aqui também o povo invadiu o espaço destinado às danças e está junto ao nosso palanque, ouvindo a nossa transmissão..."

"Exato... Quem foi que disse que o paulista não sabe brincar o Carnaval... E com um gole de Coca-Cola, tá tudo legal... Mas, atenção, por favor... O que não está legal é este ajuntamento aqui diante do nosso palanque... O senhor aí, por favor... um pouco mais para trás... Assim não é possível, meu caro amigo... Alô, Fulano..."

"O povo invadiu isto aqui, Beltrano... Mas por favor... assim não. Daqui de onde me encontro perdi qualquer contato com a nossa equipe... Isto não pode ser assim... Por favor, senhores... queiram se afastar... Alô, Beltrano... Eu vou ter que encerrar aqui, não há condições de trabalho."

"Nem aqui, Fulano... Infelizmente essa gente não compreende que assim não pode ser... Isto não se faz... Isto é um caso de Polícia. A Rádio América não vai mais transmitir coisa nenhuma. Ora... Alô, estúdio."

O DESCONFIADO

Ari Barroso mora no Leme, numa rua em ladeira, ladeira esta que termina numa picada, picada esta que termina numa favela, favela esta onde mora um crioulo, crioulo este afilhado do famoso compositor, afilhado este que bebe de com força e que é conhecido nas rodas boêmias da redondeza pela alcunha de Bode.

O Bode preza muito o padrinho e, de vez em quando, ao passar pela ladeira vindo da favela e no rumo do botequim, costuma parar na casa de Ari, para tomar a bênção. Ari tem um carinho todo especial pelo seu Bode, isto é, pelo seu afilhado.

Quarta-feira de Cinzas, aí por volta das 9 horas da manhã, tocaram a campainha na casa de Ari. A empregada foi à porta, abriu, e deu com um pierrô meio amarrotado, de cara toda pintada de alvaiade e olhar parado. A doméstica tomou um susto, mas foi logo sossegada pelo pierrô, que esclareceu:

— Sou eu. O Bode.

Reconhecendo o afilhado do patrão, a empregada perguntou o que é que o Bode queria. O Bode explicou que ia seguir naquele momento para a Praça 11 e pedia que avisassem ao seu padrinho:

— Se eu não passar aqui, de volta, pela ladeira, até as 2 horas da madrugada, pede a ele pra tomar providências.

A empregada disse que daria o recado, mas tratou de fazer ver ao Bode que o Carnaval acabara. Já era quarta-feira de Cinzas.

— Eu sei — garantiu o Bode. — É por isso mesmo que eu estou mandando avisar ao Padrinho. Tô desconfiado que vou ser preso.

E lá se foi, ladeira abaixo, de pierrô e cara pintada.

SABE COM QUEM ESTÁ FALANDO?

Sexta-feira da Paixão e centenas de representações de peças sacras pelo Brasil afora, em palcos famosos, palcos quase anônimos, picadeiros de circo, salas de grêmio recreativo nas cidadezinhas do interior. Já é uma tradição a montagem de peças baseadas em passagens bíblicas, às vésperas da Aleluia. Todo artista disponível, seja qual for o seu gêne-

ro na carreira profissional, é convocado para determinado papel, pois as peças sacras têm elencos numerosos e há carência de atores no território nacional.

Eu já assisti a uma *Vida de Cristo* num circo armado em Teresópolis, já lá se vão bem uns 15 anos, ou mais. Mariozinho de Oliveira estava comigo e não me deixa mentir. O elenco era dos mais heterogêneos: o palhaço era Judas, e Pôncio Pilatos, um português. Aqui mesmo, no Rio, o Teatro Recreio apresentou *O mártir do calvário*, por uma companhia montada às pressas na qual todos os atores pertencem, ou pertenceram, ao teatro rebolado. Lá estava, inclusive, o velho J. Mafra (famoso no ambiente artístico pelos "cacos" que costuma meter nos textos das revistas, "cacos" estes que o Mafra mete lá e depois fica rindo baixinho). Pois desta vez ele não era "escada" de cômico e sim São Pedro, daí talvez a ordem da tabela, pregada na coxia do Teatro Recreio: "É expressamente proibido meter 'caco' no texto."

Sexta-feira da Paixão! No meu tempo de menino os cinemas também aderiam e todos apresentavam a mesma fita: *O rei dos reis*, filme que deu fama a Cecil B. DeMille ainda nos tempos do cinema mudo. H. B. Warner, que terminaria sua carreira em melancólicos papéis secundários nos filmes de cowboy, era o astro do espetáculo. Hoje os cinemas são mais irreverentes e não mudam seus programas durante As Trevas. Pelo contrário, o Rivoli exibiu *Paraíso dos nudistas* e o Presidente deixou em cartaz *Divórcio à italiana*.

Os palcos e picadeiros conservaram uma tradição que as telas cinematográficas esqueceram. Pela aí tudo *A vida de Cristo*, *O mártir do calvário*, *O nazareno*, *O rei dos reis*, etc., etc. Nos mais distantes lugarejos o povo assiste ao espetáculo com infinito respeito, o mesmo acontecendo no Rio ou em São Paulo. Pelo que soube, só houve encrenca no interior de Minas, onde o público do circo não estava se portando com o devido respeito e deu bronca.

E no momento em que todos brigavam, ouviu-se a altercação entre um ator caracterizado e um cavalheiro que dizia: "Me respeite. Sabe com quem está falando?" E acrescentou: "Eu sou o subdelegado desta zona." Mas o ator não se perturbou, respondendo: "Eu sou o Jesus Cristo deste circo."

DIA DOS NAMORADOS

Primo Altamirando jamais se comoveu com o Dia das Mães e foi, inclusive, o autor intelectual do Dia da Outra, que andou propondo à Associação Comercial, inspiradora de todos os "Dias", para exaltar o chamado concubinato, isto é, no Dia da Outra dava-se presente à amante. Dizem que a Associação Comercial achou a idéia excelente, pois "a outra" sempre ganha os melhores presentes, mas não teve peito para patrocinar a coisa.

Homem de uma frieza impressionante, o abominável parente nunca se comoveu com a mãe (lá dele) quanto mais com essa mãe comercial exaltada na base do jingle e dos cartazes de tapume. Daí — como eu dizia — ele nunca ter dado bola para essas coisas.

No Dia dos Namorados, porém, Rosamundo amanheceu disposto a aderir. Acordou cedo e foi comprar um presente bem bacana para aquela cujo dia se comemorava. Andou de loja em loja e — por não ser homem de esconder suas más intenções (em certos casos, bem entendido) — acabou escolhendo um conjuntinho de lingerie que era uma graça.

Voltou para casa com o embrulho debaixo do braço e tão entusiasmado com o presente que comprara, que chegou a propor à copeira experimentar as pecinhas, "para ver como ficava", tendo a citada doméstica pedido suas contas, "por não ser dessas coisas".

À tardinha, depois de ter passado o dia inteiro falando do Dia dos Namorados, Rosamundo tomou um banho legal, meteu o seu terno mais novo e, recendendo a água-

de-colônia, partiu para a casa de sua namorada, disposto a cumprir o ritual proposto pelos anúncios dos jornais, do rádio e da televisão.

Mais tarde ele me contou:

— Cheguei lá com toda a dignidade, com o embrulhinho na mão, embrulhinho que eu mesmo fiz, com fitinha vermelha e tudo. Toquei a campainha e esperei que minha namorada viesse abrir a porta. Pois não demorou muito, a porta abriu e aquele calhorda apareceu e me deu uma bolacha tão violenta que eu quase caí pra trás. Taí no que dá eu me meter a burguês: não dei o presente a ela e ainda ganhei uma sarrafada.

— Mas quem lhe deu o tapa? — perguntei. — Foi o pai da sua namorada?

— Não. O marido.

CARTÃO-POSTAL

Paris, 63 — O cronista viaja às margens de uma delegação esportiva e descobre que todo aquele anedotário sobre as coisas que disseram jogadores de futebol e locutores de rádio, quando em vilegiaturas pelo estrangeiro, está prenhe de verdades. Lembro-me da história que me contaram quando eu ainda era um menino (e um bom menino, por sinal), da qual foi personagem central um cavalheiro chamado Polar, mulato pernóstico, um quase camelô, que vivia de fazer publicidade para produtos de indústria miúda, nas ruas do Rio, e que um dia — já não sei mais por que cargas d'água — veio parar em Paris, acompanhando a seleção de futebol do Brasil, que disputou a Taça do Mundo de 1938. Contaram que Polar, diante dos jogadores boquiabertos, parou em frente à Catedral de Notre-Dame de Paris e deitou cultura:

— Esta aqui é a famosa Catedral de Notre-Dame, onde viveu o corcunda do mesmo nome.

Nunca levei muito a sério o episódio, achando que fosse invenção de algum gozador patrício, mas agora a experiência me ensina que existem muito mais coisas entre o céu e a terra do que supõe a nossa vã filosofia. E desde já vou explicando que esta imagem não é minha, mas do popular Shakespeare, dramaturgo famoso que um não menos famoso locutor de rádio do Brasil (quando da ida a Londres de um escrete brasileiro) chamou de "o inventor da omelete".

Houve um jogador do Vasco que uma tarde, na Via Veneto, sentou-se na mesa de um bar e, quando o garçom se aproximou, berrou:

— Me dá um guaraná aí, cumpadre!

E consta como sendo do goleiro Manga a mancada havida em Lima, no Peru, quando de uma excursão do Botafogo pela América do Sul. Não queria beber nada, mas como os companheiros insistissem, condescendeu:

— Tá certo. Então me dá uma cerveja. Mas da Brahma.

Há uma verdade em tudo isso? Provavelmente. Garrincha — por exemplo — uma tarde, quando estavam reunidos os craques botafoguenses na varanda do clube, recordando episódios de uma excursão recente, querendo contar uma história, perguntou a Nilton Santos:

— Nilton, como é mesmo o nome daquela cidade onde seu Zezé escorregou na calçada e levou um tombo?

Era Paris.

E como esquecer o final de uma carta recebida uma vez pelo comentarista de televisão José Maria Scassa? Um dos seus auxiliares veio à Europa para irradiar os jogos de um clube brasileiro que estava jogando na Itália. Era a primeira vez que o coitado deixava o Rio, mas queria se fazer de superior às maravilhas que encontrava em seu caminho. Escreveu uma longa carta ao Scassa contando de suas decepções turísticas e terminou assim: "Ontem fui ver o Coliseu. Não só é menor que o nosso Maracanã, como também inacabado."

Já duvidei dessas histórias, mas agora a experiência me ensina que talvez sejam todas verdadeiras. Ainda ontem, parado às seis e meia da tarde na esquina das Avenidas Montagne com Champs-Élysées, na certeza de que não encontraria um táxi, disse para o operador de rádio de uma emissora carioca que estava comigo:

— O jeito é a gente ir de metrô.

E ele:

— Comigo não, velhinho. Trem em cima da terra já dá bronca, não sou eu que entro num trem que corre em buraco.

E, como se isso não bastasse, hoje pela manhã, quando passávamos pela mesma Avenue des Champs Elysées, um coleguinha da crônica esportiva paulista deu uma prova cabal de que não lê nem cartão-postal, pois olhou para o Arco do Triunfo e castigou:

— Essa daí é que é a Torre Eiffel.

L'INCROYABLE MONSIEUR COLELLÊ

Londres, 63 — É viajando que a gente aprende a quebrar galho. Ai dos tímidos que enveredam pelos caminhos do mundo! Morrerão de fome, serão roubados, cairão no esquecimento, perderão sempre as oportunidades da vida, ficarão, enfim, à margem dos acontecimentos, nos subúrbios dos episódios. Viajando, a gente se descobre um nunca sonhado poliglota, enfrenta as mais complicadas

situações, vence a má-vontade do próximo com energias insuspeitadas e aprende a desprezar as gentilezas interesseiras que um pudor de ofensa, antes, nos impedia de dar a chamada bronca.

E, nisto de quebrar galho, o pequenino Colella, que os franceses chamaram de Monsieur Colellê e Monsieur Colellê ficou, pelo menos durante esta nossa viração pela Europa, tem um apetite digno de lenhador canadense. Não há galho que Monsieur Colellê não quebre.

Veio à Europa adido à delegação de futebol, em respeito a uma lei, não sei se do Conselho Nacional dos Desportos, que obriga cada delegação esportiva que sai do País a levar consigo um jornalista. Esta delegação trouxe Monsieur Colellê, e o coitado se vira em cada cidade a que chega, fale-se nessa cidade francês ou flamengo, alemão ou inglês. Monsieur Colellê não é bom nem de português, mas tira de letra.

Na hora de se entender com os guardas da alfândega, no momento de explicar a um policial determinado mal-entendido, quem vai é Monsieur Colellê, baixinho, de perninhas em arco, uma malandragem toda brasileira na ginga do andar; é de vê-lo, perdido no meio daqueles homens imensos, cheios de má-vontade.

Eu disse perdido? Perdão, estou-me expressando mal. Monsieur Colellê não se perde nunca. Segura o guarda pelo braço e vai tacando:

— Escuta, monsenhor (monsieur pra ele é monsenhor). Je suis aqui whit the brazilian delegationne, capito? Se não capito je explique...

Usa muito acento circunflexo, Monsieur Colellê. Em Hamburgo, vínhamos num táxi, e o frio que entrava pela janela do motorista fazia todo mundo tiritar no carro. Vários tentaram explicar, ora num inglês razoável, ora num francês mais ou menos, que era preciso fechar a janela. Mas o motorista era alemão; e alemão, quando não entende, eu vou te contar. Pois, ainda dessa vez, foi Monsieur Colellê quem resolveu a questão. Como foi que o motorista entendeu eu não sei. Só sei que ele virou-se para o homem e falou, em tom enérgico:

— Fechê le vidrê si vu plê...

E o motorista fechou.

Na hora de os jornalistas receberem credenciais para os jogos, há sempre um qüiproquó. Os estrangeiros não entendem como pode viajar tanto jornalista brasileiro junto a uma delegação de futebol. Principalmente não entendem como é que um país tão pobre como o Brasil consegue mandar mais de um jornalista de um mesmo jornal. Eu também não entendo — diga-se de passagem —, mas Monsieur Colellê entende e é o quanto basta. Se os representantes da federação visitante começam a engrossar e a colocar dificuldades para a entrega de credenciais, ele vai lá, faz gestos de índio de fita em série, mistura palavras mal pronunciadas de três ou quatro idiomas e traz uma credencial para cada um, com a tranqüilidade dos simples.

Foi aqui em Londres que Monsieur Colellê entrou num táxi que já estava ocupado, embora o passageiro não estivesse dentro dele. O motorista engrossou, chamou o guarda, e Monsieur Colellê saltou para explicar:

— Pas de pobrema — dizia ele. — Pas de pobrema.

E, quando o guarda pediu-lhe que falasse inglês, advertiu-o:

— E eu tô falando que língua, sua besta?

Os jogadores do Brasil também aprenderam a pedir a ajuda de Monsieur Colellê quando não conseguem se fazer entender. Em Bruxelas, cansados de comer carne de carneiro no hotel em que estavam hospedados, alguns jogadores pediram a Monsieur Colellê para explicar ao maître-d'hôtel que queriam carne de vaca: já não agüentavam carneiro.

O próprio Monsieur Colellê me explicou a maneira pela qual se fez entender. Chamou o maître e castigou:

— Le pessoal dont wont mais méééé... Le pessoal quer muuuu!!!

O maître entendeu direitinho.

UMA CERTA FALTA DE MOSCA

Londres, 63 — O fotógrafo me mostra o telegrama do secretário de seu jornal, mandando que ele tirasse algumas fotos dos lugares famosos de Londres, para determinada reportagem, na edição dominical. Mostra o telegrama e pede:

— Vem comigo, camaradagem. Você sabe que eu falo muito mal o inglês.

Realmente, já nem se trata de falar mal o inglês. Trata-se de evitar uma questão internacional, pois o inglês do distinto dá perfeitamente para ele confundir *Waterloo* com *water-closet*, daí eu concordar em apanhá-lo por suas andanças londrinas. Pergunto-lhe aonde quer ir fotografar primeiro e ele responde:

— Vamos primeiro naquela ponte onde Napoleão perdeu a guerra.

Era a já citada Waterloo, irmãos. Fomos até lá, e ele achou que a outra ponte (a que vai dar no Big Ben) é muito mais bacana. E, de fato, é. Ante minha concordância, pergunta o nome da outra ponte, que eu também não sei, pois a Metro não fez nenhuma fita com Robert Taylor e Vivian

Leigh na ponte de lá. Fez foi na de cá, onde — segundo ele — "Napoleão perdeu a guerra".

Batidas algumas fotos do velho Tâmisa e seus lentos barcos, o fotógrafo pede que eu traduza pro motorista do táxi o seu desejo de ir fotografar aquela praça onde os pombos pousam na gente.

— Mas isto é em Milão, na Praça Duomo.

— Que Milão nada, seu. Ontem mesmo eu vi uma porção de pombos pousados na cacunda dos ingleses.

Deve ser Trafalgar Square, e peço ao chofer que nos leve até lá. A praça está apinhada de pombos e crianças, gozando um dia, raro em Londres, de sol e céu azul. Ele pede que eu compre um saquinho de milho e vá para o centro da praça: quer me fotografar assim.

— Aqui não tem milho, rapaz!

— Não tem??? — estranha o fotógrafo. — Então, que é que os pombos comem?

Esta eu também não sei responder, porque nunca fui pombo em Londres, mas logo vem uma velhinha vendendo um saquinho cheio daquilo que aqui é milho de pombo, e lá vou para o meio de Trafalgar Square, servir de poleiro. Mal abro o saquinho, dezenas de pombos pousam nos meus braços, nos ombros e até no alto da cabeça, disputando a comida. Ele aproveita e bate várias chapas, a rir do meu embaraço. O chamado nervosismo de estréia: afinal, eu antes nunca tinha servido de poleiro pra ninguém.

Novamente no táxi, ele me chama a atenção para a boa educação dos pombos britânicos, que pousaram em mim "sem fazer nada", ou melhor, sem aproveitar a ocasião para as chamadas necessidades fisiológicas, boa educação que, infelizmente, foi desmentida mais tarde, no hotel, quando eu penteava o cabelo. Mas, na hora, nenhum de nós dois percebeu o detalhe, e ele quer ir fotografar o palácio da Rainha Margaret.

— Elizabeth. Margaret é a outra.

— Tem duas rainhas???

Com a paciência de quem já está descobrindo nessa aventura a próxima crônica deste semanário (o que foi confirmado, conforme os senhores leitores estão verificando neste momento), explico que a rainha chama-se Elizabeth; que Margaret é a irmã. A Princesa Margaret — acrescento. Ele faz um gesto de quem entendeu, e quer ir aonde mora a rainha, para fotografar a guarda.

— *Let's go to the Buckingham Palace* — digo ao chofer, no meu inglês que, a bem da verdade saliento, dá para encabular qualquer texano semi-alfabetizado.

E pouco depois lá está o nosso amigo, encostado à grade do famoso palácio, de teleobjetiva em punho, enquadrando uma das sentinelas de Sua Majestade. Bateu várias fotos, dos mais variados ângulos, e depois me dizia de sua surpresa:

— O guarda nem se mexeu. Ficou durinho o tempo todo.

Esclareço mais este detalhe. A guarda da rainha, quando está de prontidão, não mexe nem uma pestana. Ele ri e faz esta observação que é uma jóia:

— Eles ficam paradinhos assim porque aqui não tem mosca.

O GUARDA QUE FALAVA PORTUGUÊS

Londres, 63 — Cheguei a Londres esta tarde. A rainha ainda não sabe de nada. Estou vindo de Hamburgo (anônimo, naturalmente, para evitar convites de Buckingham Palace) e ainda esta manhã, na citada cidade alemã, quando comprava cigarros numa esquina, em companhia de alguns brasileiros, fui abordado por um guarda gordo e rosado, que perguntou:

— Vocês prasilerras?

Dissemos que sim, que éramos, e ele — abrindo-se num sorriso de satisfação — fez um esforço enorme para explicar que já tinha estado uma vez em Santa Catarina, visitando parentes:

— Eu saberr uma pouco de porrtuguais.

O pessoal rodeou o nossa amizade e ele, querendo mostrar os seus conhecimentos da Flor do Lácio, apontou para a própria perna, e disse:

— Meu perrna.

A turma gostou e um confirmou:

— Isso mesmo: perna — e virando-se para os outros: — Ele fala português mesmo, turma.

— Yayá — disse o guarda, sem saber que Yayá, no Brasil, é apelido de baiana. Depois, botou o dedo na ponta do nariz e lascou:

— A narriz.

Era. Acertara de novo. Isto mesmo: nariz. O pessoal incentivava e o alemão exultava. Antes de cometer a mancada final, ainda acertou "o cabeça", "a minha cabelo", e "o minha olho". Mas entrou bem, quando, apertando as próprias bochechas, pensou um bocadinho e disse, com ar vitorioso:

— O meu bundinha!

AS ARARAS DA FEIRA DE MUNIQUE

Londres, 63 — Poucas horas antes de deixar Hamburgo, num encontro com os funcionários do IBC nessa cidade, tomo conhecimento do drama vivido pelas araras que o governador da Guanabara, que ultimamente tem se destacado como colecionador de passarinhos, ofereceu à Prefeitura de Munique.

Deu-se que Carlos Frederico Werneck de Lacerda enviou duas araras para ornamentarem uma exposição de café patrocinada pelo IBC, em Munique, sob a condição de as bichinhas, terminada a dita exposição, serem presenteadas ao Jardim Zoológico de Munique, um dos mais famosos do mundo, mas que não tinha arara.

Elas foram embarcadas para a Alemanha e chegaram a Munique sem saber o bode que iam causar. Logo que desembarcaram, um médico da alfândega implicou com elas e disse ao funcionário do IBC que teriam de ser sacrificadas, porque eram transmissoras da terrível "doença de papagaio". O funcionário ficou muito chateado e comunicou o fato ao nosso cônsul em Munique. Este, que era tarado por arara, ficou muito triste com a notícia, mas depois reagiu, achando que aquilo era besteira. Nunca ouvira falar em "doença de papagaio" e, ainda mais, se a doença é de papagaio que é que arara tem com isso?

Foi ao depósito da alfândega, onde um alemão, apavorado com a idéia de morrer que nem papagaio, alimentava as araras com uma vara imensa, para não ser obrigado a chegar perto delas. O cônsul olhou para as araras e notou logo que elas tinham muito preparo físico. Foi dali dizer ao médico que aquela história das duas araras estarem doentes era "menas verdade" e que elas não seriam executadas coisa nenhuma.

O médico ficou uma fera, esbravejou em alemão, que é coisa de meter medo em qualquer um, e afirmou que quem mandava ali era ele e as araras estavam condenadas à morte. O cônsul aí é que se queimou de vez e fez um bruto relatório ao ministro das Relações Exteriores da Alemanha, contando tudinho. A resposta do chanceler germânico foi curta e verdadeira. Dizia assim: "Eu não sou veterinário."

Mas o cônsul era mais ele. Ao receber a resposta, telefonou para o ministro, dizendo que as duas araras eram presentes do governador de um estado brasileiro e, portanto, era um presente oficial; se matassem as bichinhas, isto poderia criar um caso internacional. Aí quem ficou abilolado foi o ministro, que telefonou imediatamente para Adenauer. O velhinho estava em conferência e mandou dizer que nem sabia o que era arara. O ministro insistiu, chamou o secretário, fez misérias e Adenauer acabou atendendo o telefone e mandando ordem para que suspendessem a execução, ordem que chegou horas antes delas entrarem pelo cano.

Atualmente, as araras são a maior atração do Jardim Zoológico de Munique, e toda a colônia brasileira tomou conhecimento do drama. Tanto assim, que foi a colônia que apelidou-as com os sugestivos nomes de Caril, uma, e Chesman, a outra.

VOCÊS, SUAS FOLGADAS!

Bruxelas, 63 — Dizem que, em Cuba, tem mulher-soldado dando prontidão na porta do quartel; dizem que, na Rússia, mulher faz tudo que homem faz (em termos, naturalmente) e só não tem mulher de beque na seleção soviética porque o regulamento da FIFA não permite, senão tinha. Não sei se isto é verdade, pois nunca fui nem a Cuba nem à Rússia, e nem quero ir, porque se for, esses calhordas do MAC e de outras organizações cocorocas vão dizer que eu sou comunista e, até que eu explique que comunista é a vovozinha, vou sofrer mais que filhote de pardal em mão de menino.

Mas que vocês, minhas queridinhas, aí no Brasil são umas ociosas, isto eu garanto, principalmente agora que uma série de reportagens me obrigam a caminhar pelas ruas das capitais da Europa, colhendo material para as ditas. É claro que há exceções. Agorinha mesmo, muito saudoso do meu amigo Luís Antônio — compositor, militar e rubro-negro (três condições que o fizeram mais supersticioso que um pai-de-santo) —, estava a assoviar o sambinha "Lata d'água na cabeça", que é um verdadeiro grito de louvor à coitada da Maria favelada. Sei, outrossim, que mulher de retirante nordestino, depois que dá o pouco que tem para os seus comerem, não devora os ossos que é para o cachorro não ficar com fome. Sei estas coisas, mas não estou querendo exemplificar. Falo no âmbito geral e nele, minhas queridinhas, vocês pegam uma sopa que eu vou te contar.

Vocês precisavam ver o que mulher faz na Suíça. Dão um duro desgraçado. Eu queria marcar o Pelé e não queria ser mulher na Suíça, tá bem? Até carregar bagagem em estação de trem elas carregam. E na Bélgica, minhas queridinhas? Nossa Senhora! Tem velha da idade de Tia Zulmira vendendo jornal na esquina. Tem velhinha servindo de gari, varrendo as ruas, que nem esses caras de uniforme de zuarte aí do Brasil, que pertencem ao Exército da Limpeza Urbana e que o DASP, certa vez, num rasgo de imbecilidade, classificou de varreólogos.

Em Portugal então, minhas queridinhas, vocês entrariam pelo cano direto. Só de ver as peixeiras da Ribeira, vocês iam ter um troço. Lá os homens vão pescar e trazem o peixe. O resto é com elas. Apanham o peixe, limpam o peixe, brigam por causa do peixe, xingam por causa do peixe, botam um monte de peixe num balaio imenso, castigam o bruto na cabeça e saem vendendo pelas ruas de Lisboa, com uma energia bárbara. E coitadinha dela se não vender o peixe todo. Tem bronca no lar.

Minhas queridinhas, vocês vão me desculpar, mas vocês aí no Brasil são umas vadias. Mais folgadas que boca de batina.

BÉLGICA, CAPITAL VELHOTAS

Bruxelas, 63 — O cronista estava firme na sua convicção de que fosse Nova Iorque o paraíso das velhotas. Lá é que elas abundam ao cair da tarde, ocupando as mesas dos bares, os tamboretes dos balcões de botequins, para tomar uma "cipoada" (geralmente um martíni seco, pois velhota americana que se preza não castiga martíni doce). Quantas vezes — nos Estados Unidos — fiquei admirado com uma velhinha que vinha pela calçada, de passinho trôpego, lenço à cabeça, com todos os sintomas de quem ia à igreja rezar um pouquinho e, no entanto, assim devagarinho mesmo, entrava no primeiro bar localizado em seu caminho, para matar-o-bicho de com força.

Pois, irmãos, Nova Iorque é pinto perto de Bruxelas. Como bebem as velhotas do reino de Alberto I, companheiros! No Boulevard Adolph Max, que é a principal avenida da capital belga, há um barzinho encostado ao outro. São quilômetros e quilômetros de botecos, todos parecidos, todos com cadeiras na calçada e, lá dentro, balcão e mesas de madeira servidos por garçons lerdos e gordos (quando o garçom não é lerdo nem gordo, é porque é italiano, como acontece no bar de hotel em que estou hospedado).

Ao cair da tarde, velhotas com os mais incríveis chapéus, velhotas de mantôs, velhotas sem mantôs, velhotas vestidas com a maior austeridade, velhotas de vestidos berrantes invadem esses bares e se aboletam nas mesas, para gargarejarem sua cachacinha na paz do Senhor. Na verdade, bebem invariavelmente duas coisas: ou vinho tinto em copinhos delicados, ou cerveja preta em grossos canecões. E bebem firmes, irmãos.

A única diferença entre as velhotas belgas e as nova-iorquinas é que estas não se mancam e até de galantes se

fazem. As velhotas de Bruxelas são dignas em seus pilequinhos. Quando começa a escurecer, pagam a conta e voltam para casa de passo firme, enquanto as americanas continuam sassaricando pela aí, muitas das quais apagando o pavio antes da vela acabar, obrigando os acompanhantes (geralmente um rapazinho precisando de dólares) a fazer o seu carreto a domicílio.

Nossas homenagens, portanto, às coroas belgas, que atacam ao anoitecer, mas sem atrapalhar os realmente necessitados de amor. Quando começa o pega-pra-capar elas vão pra casa, não aderindo às badalações, como fazem as coroas americanas, cujo pileque termina sempre com bronca.

NOSTALGIA DE FOGÃO

Genebra, 63 — Não é novidade para ninguém a existência de artistas brasileiros sobretudo cantores que fazem sucesso no estrangeiro, embora sendo inteiramente desconhecidos no Brasil. O caso do mineiro Leo Belico, em Buenos Aires, o caso da mulata Glória Norton, que no Brasil nunca conseguiu ser mais do que uma simples *girl* no elenco de Carlos Machado, e hoje é uma artista consagrada na Ásia, o caso de Delora Bueno, nos Estados Unidos, são dos mais ilustrativos. Mas sou capaz de jurar, pelas barbas de Fidel, que os caros leitores uagaenses jamais ouviram falar numa senhora chamada Olga da Silva, cantora de impressionante prestígio em toda a Europa do Norte, principalmente em Helsinque, onde mora com seu marido suíço.

Nós, brasileiros, tivemos curiosidade de vê-la, quando de passagem por Genebra, onde Olga da Silva estava fazendo uma temporada no mais elegante night club do lugar. Claro, nada há de extraordinário nos dotes de teleco-teco da cantora, mas como — segundo Tia Zulmira — em terra de bronqueado Lacerda é governador. Olga da Silva é, aqui, o que há de superior em sambista, para gáudio da torcida local, que não lhe regateia aplausos.

Depois do show a cantora veio à nossa mesa, onde explicou o porquê da sua vinda para estas longínquas bandas:

— Eu fui para Buenos Aires, como cozinheira de um casal de diplomatas, para os quais trabalhei no Rio. Na Argentina abandonei o fogão e me casei com um espanhol, que me trouxe para a Europa. O cretino me abandonou em Barcelona, onde ninguém se interessa por uma cozinheira brasileira, e eu, para poder viver, entrei numa companhia de revistas.

Daí para o estrelato, a carreira de Olga da Silva foi um pulo. Seu repertório é meio antigo ("Ave Maria no morro", "Patrão, o trem atrasou", "Seu Oscar", "Kalu", etc.), mas fez grande sucesso nos países do norte europeu, onde um suíço se casou com ela (os suíços também gostam de mulata). Hoje Olga da Silva tem casa montada na Finlândia, na Suíça e na Escandinávia. Convidou o grupo para ir tomar um cafezinho no seu apartamento de Genebra.

Era de ver, irmãos, o luxo da casa de Olga da Silva. E lá estava aquele bruto suíço, de cachimbo na boca, sorrindo para a gente. Mas a grande nostalgia de Olga é dos seus tempos de forno e fogão. A certa altura, apontou para o suíço e me disse:

— Esse gringo me dá tudo e não me deixa fazer nada.

E, depois de um suspiro:

— Não me deixa nem ao menos de vez em quando fritar uns pasteizinhos.

NISSO DE SEMELHANÇA

Santiago do Chile, 62 — Nisso de semelhança já muito se escreveu, mas o cronista — manda a boa técnica — deve sempre se basear na sua experiência pessoal. Assim, vínhamos ladeira abaixo, comendo umas goiabinhas importadas, aqui em Santiago, quando cruzou conosco o General Zenóbio da Costa. Um pouco mais magro e talvez um pouco mais jovem, mas — sem dúvida alguma — a cara do homem.

É no estrangeiro, aliás, que acontecem estas coisas. Uma vez, em Nova Iorque, saíamos de um restaurante chamado The Lion, que tinha um leão de pedra na porta, quando demos pela coisa. Ao entrar nem reparáramos, mas — ao sair — percebemos com espanto: o leão de pedra tinha sido esculpido à semelhança de Rubem Braga. Certa vez, foi em Carrasco, no Uruguai. Éramos três: aqui o que lhes fala, Francisco Guise e Felipe Martins. Importante acrescentar que, na época, éramos todos solteiros. Felipe Martins então, solteiríssimo. Não podia ver uma mulher mais ou menos, que não saísse atrás. Foi quando passou uma uruguaia dessas de fazer jogador largar concentração em véspera de decisão do Mundial. Felipe saiu atrás e nós atrás do Felipe. Ela não queria nada, apertou o passo e entrou em casa, na quadra seguinte. Felipe ainda ficou no portão olhando, quando abriu-se uma janela no andar de cima e o pai da moça nos ameaçou com a Polícia. Era Olavo Bilac, com aquele *pince-nez* e tudo.

Donde se conclui que é mesmo no estrangeiro que as semelhanças físicas nos surpreendem com mais freqüência. E lá estava Stanislaw a expor esta teoria que a experiência lhe insinuou, num grupo de jornalistas brasileiros que se encontram aqui no Chile, quando um deles nos segurou pelo braço e obrigou todo o grupo a parar:

— Puxa vida — disse ele — você fica dizendo essas coisas e até parece milagre. Olhem ali na esquina.

Todos olharam e prosseguiu:

— Vejam aquele camarada de cachecol cinzento. É a cara do Thiago de Melo.

Alguns concordaram, outros acharam apenas um pouco parecido. E a discussão aumentava, quando o sósia do poeta olhou para Stanislaw e berrou:

— Fala, Lalau. Você também aqui?

Era o próprio Thiago, atual adido cultural de nossa embaixada no Chile. E se alguns acharam apenas parecido é porque Thiago agora cultiva uma imensa cabeleira *nouvelle vague* de fazer inveja ao mais displicente dos *country boys*. Sendo ele mesmo — a abraçar um por um —, desacreditou um pouco a tese que vínhamos expondo ladeira abaixo. Mas não há de ser nada. Afinal a tese era apenas de semelhança. Em sendo o próprio já não é semelhança, é covardia.

PEQUENINO E CHATO

Santiago do Chile, 62 — Era um grupo de seis jornalistas brasileiros. A festa era na casa de um simpático senhor chileno, que morou alguns anos no Brasil (em Belo Horizonte para sermos mais precisos). Segundo sua explicação para a festa, tinha sido muito bem tratado pelos mineiros, deixara lá uma bela morena, saudosa e confiante na sua volta, que, afinal, nunca se deu. Isto — esclareceu ele — foi em 1936. Ficara a sua mania por brasileiros e o desejo sempre presente de homenagear aqueles que aparecem no Chile. Daí a festa.

E daí nós fomos. Para surpresa do grupo, o chileno era um fabricante de tutu. Sua casa era uma beleza e a festa, um festão com gente grã-fina às pampas circulando pelos salões. Uísque dando pela canela — como diz Araci de Almeida, sempre que o escocês rola fácil.

Foi quando apareceu um brasileiro pequenino e perguntou se a gente também era. "Pequenino?" — perguntamos. "Não. Brasileiro." Respondemos em espanhol que não, que éramos cubanos. O pequenino achou estranho, pois tinha a impressão de que já nos conhecia do Rio. "Usted já foi ao Rio?" — quis saber, num espanhol de enganar cearense. Não, nunca tínhamos ido.

O pequenino então virou-se para o resto do grupo de jornalistas e perguntou se algum era brasileiro. Não, ninguém era. Todos cubanos. Embora sem barbas, éramos todos correspondentes de jornais de Havana.

— Pois se algum de vocês for ao Brasil, terei muito prazer em recebê-los em minha casa — disse o pequenino e chato. Puxou diversos cartões do bolso e deu um pra cada. Morava na Avenida Atlântica. E explicou pro grupo, no qual três nasceram em Copacabana e todos os seis moram no referido bairro, que Copacabana "és un lugar precioso".

— Meu apartamento és chico pero tem vista para o mar. — E informou: — No Rio nunca hace frio.

— No? — perguntou Sandro Moreyra espantado.

Não. Nunca fazia. E continuou a falar, num blablablá interminável. Tivemos que sair um pra cada lado, para despistar o pequenino.

No fim da festa nos reunimos para ir embora no carro alugado e, para surpresa nossa, o pequenino já estava sentado no banco de trás, perguntando se a gente ia a algum cabaré. Combinamos em voz baixa o golpe e respondemos que sim. Embarcamos todos apertados e seguimos até determinada esquina, onde paramos e todo mundo saltou, explicando que havia um cabaré ótimo logo ali ao lado. O pequenino saltou também e foi a conta. Todos voltamos correndo para o carro, fechamos as portas e saímos fincados. Pelo vidro de trás dava pra ver o pequenino lá longe, de mão fechada e braço erguido, a berrar:

— Vocês me pagam, seus cubanos cretinos.

E antes do carro dobrar à esquerda, ainda ouvimos ele gritar:

— Morra Fidel Castro!!!

CONVERSA DE VIAJANTES

É muito interessante a mania que têm certas pessoas de comentar episódios que viveram em viagens, com descrições de lugares e coisas, na base de "imagine você que...". Muito interessante também é o ar superior que cavalheiros, menos providos de espírito pouquinha coisa, costumam ostentar, depois que estiveram na Europa ou nos Estados Unidos (antigamente até Buenos Aires dava direito a empáfia). Aliás, em relação a viajantes, ocorrem episódios que, contando, ninguém acredita.

O camarada que tinha acabado de chegar de Paris e — por sinal — com certa humildade, estava sentado numa poltrona, durante a festinha, quando a dona da casa veio apresentá-lo a um cavalheiro gordote, de bigodinho empinado, que logo se sentou a seu lado e começou a "boquejar" (como diz o Grande Otelo):

— Quer dizer que está vindo de Paris, hem? — arriscou.

O que tinha vindo fez um ar modesto:

— É!!!

— Naturalmente o amigo não se furtou ao prazer de ir visitar o Palácio de Versalhes.

— Não. Não estive em Versalhes. Era muito longe do hotel onde me hospedei.

— Mas o amigo cometeu a temeridade de não ficar no Plaza Athénée?

O que não ficara no Plaza Athénée deu uma desculpa, explicou que o seu hotel fora reservado pela cia. onde trabalha e, por isso, não tivera vez na escolha.

— Bem — concordou o gordinho —, o Plaza realmente é um pouco caro, mas é muito central e há outros hotéis mais modestos que ficam perto do Plaza. — E depois de acender um cigarro, lascou: — Passeou pelo Bois?

— Passei pelo Bois uma vez, de táxi.

— Mas o amigo vai me desculpar a franqueza; o amigo bobeou. Não há nada mais lindo do que um passeio a pé pelo Bois de Bologne ao cair da tarde. E não há nada mais parisiense também.

— É... eu já tinha ouvido falar nisso. Mas havia outras coisas a fazer.

— Claro... claro... Há coisas mais importantes, principalmente no setor das artes — e sem tomar o menor folego: — Visitou o Louvre?...

— Visitei.

— Viu a "Gioconda"?

Não. O recém-chegado não tinha visto a "Gioconda". No dia em que esteve no Louvre, a "Gioconda" não estava em exposição.

— Mas o senhor prevaricou — disse o gordinho, quase zangado. — A "Gioconda" só está em exposição às quintas e sábados, e ir ao Louvre noutros dias é negar a si mesmo uma comunhão maior com as artes.

Passou uma senhora, cumprimentou o ex-viajante e, mal ela foi em frente, nova pergunta do cara:

— E a comida de Paris, hem, amigo? Você jantava naqueles bistrozinhos de Saint-Germain? Ou preferia os restaurantes típicos de Montmartre? Há um bistrô que fica numa transversal da Rue de...

Mas não pôde acabar de esclarecer qual era a rua, porque o interrogado foi logo afirmando que jantara quase sempre no hotel. E sua paciência se esgotou quando o chato quis saber que tal achara as mulheres do Lido.

— Eu não fui ao Lido também. O senhor compreende. Eu estive em Paris a serviço e sou um homem de poucas posses. Quase não tinha tempo para me distrair. De mais a mais, lá é tudo muito caro.

— Caríssimo — confirmou o gordinho, sem se mancar.

— O senhor, naturalmente, esteve lá a passeio e pôde fazer essas coisas todas — aventou, como quem se desculpa.

Foi aí que o gordinho botou a mãozinha rechonchuda sobre o peito e exclamou:

— Eu??? Mas eu nunca estive em Paris!

O PSICANALIZADO

Era uma vez um cara que entrou num bar, sentou no balcão do dito bar e, depois de chamar o garçom, pediu um chope. O garçom encheu uma caneca e deu pro cara. Este agradeceu e bebeu, de uma talagada só, até o meio da caneca. Depois, balançou o chope que ainda restava, balançou, balançou... o garçom tá olhando pra ele... balançou e pimba! atirou o resto na cara do garçom.

É claro que o garçom já ia sair no tapa, quando o cara, quase chorando, pediu muitas desculpas, falou que aquilo era um gesto incontornável que ele tinha e — por isso mesmo — carregava na consciência um complexo desgraçado.

E tanto falou e se desmanchou em desculpas, que o garçom aceitou a situação e aconselhou o cara a ir consultar um psicanalista, conselho que foi logo aceito. O cara se despediu, tornou a pedir desculpas e prometeu que, no dia seguinte, ia procurar um psicanalista.

Passaram-se alguns dias, até que o cara apareceu outra vez no bar e pediu um chope. O garçom trouxe, ele virou metade de uma talagada só e começou a balançar o chope na caneca. Foi balançando, balançando... o garçom tá olhando pra ele... outra vez! balançou mais uma e pimba!... novo banho na cara do garçom. E este ainda estava enxugando os respingos, quando o cara pediu outro chope.

Mas o garçom se queimou e falou:

— Escuta aqui, seu chato. Da outra vez você me deu o banho, mas depois pediu desculpas. Desta vez você piorou. Nem desculpas pediu.

— Piorei nada. Melhorei — disse o cara: — Fui ao psicanalista e melhorei. Ele me tirou o complexo. Agora eu ando tão desinibido que faço a mesma coisa, mas sem o menor remorso.

OS VINICIUS DE MORAES

Eu confesso a vocês que descobri o segredo do coleguinha jornalista, poeta, diplomata e teleco-tequista Vinicius de Moraes numa tarde em que ambos (não ambos os Vinicius, como ficara provado mais tarde, mas ambos: eu e ele) tomávamos umas e outras no Bar Calypso, num desses crepúsculos vespertinos de Ipanema que já baixam pedindo um chope.

Estávamos lá "entornando", quando chegou minha hora de subir para Petrópolis:

— Poetinha, eu vou me mandar — disse eu.

Ele suspirou ante a perspectiva de ter de ficar sozinho e desejou boa viagem. Eu entrei no carro e subi para Petrópolis, onde cheguei certo de que nenhum carro passara pelo meu, na estrada. No entanto, parei na Avenida 15 da cidade serrana, manobrei o carro e coloquei na vaga indo tomar mais um na Confeitaria Copacabana. Quando entrei e olhei para as mesas, vi que um camarada me saudava lá de dentro: era Vinicius de Moraes.

Foi nessa tarde — repito — que eu descobri que Vinicius era, pelo menos, dois.

Está claro que pode haver mais de dois. Duvido até que as múltiplas atividades de Vinicius (reparem que seu nome já é no plural para enganar os trouxas) possam ser realizadas só por dois deles. Acredito mesmo que haja uma meia dúzia de Vinicius: um para poesia, um para diplomacia, outro para samba, um quarto para jornalista e o resto para mulher. Desses, os mais assoberbados talvez sejam os últimos.

Eu acho, outrossim, que sou o único ao qual Vinicius (não sei qual deles) deu a pala de que eles são uma equipe e não um homem, por isso fico rindo dos coleguinhas que disputam o privilégio de noticiar o Vinicius certo na hora exata. Os jornais de ontem, por exemplo, estavam muito pitorescos sobre Vinicius (todos os Vinicius). Em *Última Hora* a confreirinha jornalista Teresa Cesário Alvim, num esforço de reportagem, dizia: "Vinicius de Moraes anda a todo vapor, de uns tempos para cá. Tomou pressão em Petrópolis e desceu a serra carregado de idéias, jorrando inspiração para todos os lados." (Coitada da Teresa, não sabe que há Vinicius pela aí tudo.)

Já o coleguinha Jacinto de Thormes, no mesmo dia, na mesma *UH* e talvez escrevendo à mesma hora, dizia: "O senhor Vinicius de Moraes está fazendo uma temporada de repouso na Clínica São Vicente." De fato, há um dos Vinicius que está repousando, o que explica as notícias tão desencontradas de dois colunistas, no mesmo jornal, no mesmo dia.

No mesmo dia, aliás, o Carlos Alberto escrevia na sua coluna: "O poeta Vinicius de Moraes, ontem de madrugada, conversando no Restaurante Fiorentina." É verdade. Vinicius estava lá no Fiorentina, numa roda batendo papo. Dezenas de testemunhas podem provar o que o Carlos Alberto disse. Estava também tomando oxigênio na Clínica São Vicente, estava em casa com amigos, compondo sambas ao som do violão de Baden Powel, estava no Cine Alvorada, assistindo a *Morangos silvestres* (o porteiro me disse que o Vinicius já assistiu à fita quatro vezes, mas é mentira. Vários Vinicius ainda não viram).

Como, minha senhora? A senhora não acredita que Vinicius seja uma porção? Azar o seu, dona. Um dia ainda se fará um programa de televisão com Vinicius ao violão, acompanhando outro Vinicius que canta, junto com um quarteto vocal de Vinicius. Sem vídeo-teipe.

Quem tem razão é Tia Zulmira, quando diz que, se Vinicius de Moraes fosse um só, não seria Vinicius de Moraes, seria Vinício de Moral.

PRODUÇÃO PARA O CONSUMO

No que me concerne — como diria o Dr. Jânio Quadros, obscuro advogado do foro paulista —, é sempre válida a preocupação da ciência em ajudar a produção para fazer frente ao consumo. Mas sempre achei que esta preocupação devia se limitar a minerais e vegetais, deixando em paz o reino animal. Que os japoneses tenham inventado um processo para os tomateiros darem maiores tomates, está muito bem... mas que os franceses tenham inventado um processo (dizem que doloríssimo) para os gansos terem seus fígados atrofiados para aumentar a produção de *pâté de foie gras,* eu acho uma baianada que eu vou te contar.

Pois muito bem, considerando o apetite dos alemães e considerando que o mais gostoso do porco é a costeleta, cientistas de Berlim descobriram um jeito de criar porcos que, em vez de 26 costeletas, passam a ter 32. A notícia não explica se o processo vai maltratar os porcos, mas explica que os tais cientistas acreditam na possibilidade de novas experiências, noutros animais, multiplicando suas partes de maior consumo, para baratear o preço do produto.

Isto, trocado em miúdos, quer dizer que eles vão arranjar uns galos reforçados para as galinhas botarem mais ovos, vão engrossar o lombo da leitoa, vão atrofiar a garra dos caranguejos, vão arranjar vaca com mais tetas, caracol com lesma dupla, enfim, aumentar as partes mais cobiçáveis dos animais.

Acho isso uma maldade, mas Primo Altamirando achou formidável e disse que vai escrever para esses cientistas alemães, pedindo uma produção acelerada de mulheres com oito pernas.

O GRANDE MISTÉRIO

Há dias já que buscavam uma explicação para os odores esquisitos que vinham da sala de visitas. Primeiro houve um erro de interpretação: o quase imperceptível cheiro foi tomado como sendo de camarão. No dia em que as pessoas da casa notaram que a sala fedia, havia um *soufflé* de camarão para o jantar. Daí...

Mas comeu-se o camarão, que inclusive foi elogiado pelas visitas, jogaram as sobras na lata do lixo e — coisa estranha — no dia seguinte a sala cheirava pior.

Talvez alguém não gostasse de camarão e, por cerimônia, embora isso não se use, jogasse a sua porção debaixo da mesa. Ventilada a hipótese, os empregados espiaram e encontraram apenas um pedaço de pão e uma boneca de perna quebrada, que Giselinha esquecera ali. E como ambos os achados eram inodoros, o mistério persistiu.

Os patrões chamaram a arrumadeira às falas. Que era um absurdo, que não podia continuar, que isso, que aquilo. Tachada de desleixada, a arrumadeira caprichou na limpeza. Varreu tudo, espanou, esfregou e... nada. Vinte e quatro horas depois, a coisa continuava. Se modificação houvera, fora para um cheiro mais ativo.

À noite, quando o dono da casa chegou, passou uma espinafração geral e, vítima da leitura dos jornais, que folheara no lotação, chegou até a citar a Constituição na defesa de seus interesses.

— Se eu pago empregadas para lavar, passar, limpar, cozinhar, arrumar e ama-secar, tenho o direito de exigir alguma coisa. Não pretendo que a sala de visitas seja um jasmineiro, mas feder também, não. Ou sai o cheiro ou saem os empregados.

Reunida na cozinha, a criadagem confabulava. Os debates eram apaixonados, mas num ponto todos concordavam: ninguém tinha culpa. A sala estava um brinco; dava até gosto ver. Mas ver, somente, porque o cheiro era de morte.

Então alguém propôs encerar. Quem sabe uma passada de cera no assoalho não iria melhorar a situação?

— Isso mesmo — aprovou a maioria, satisfeita por ter encontrado uma fórmula capaz de combater o mal que ameaçava seu salário.

Pela manhã, ainda ninguém se levantara, e já a copeira e o chofer enceravam sofregamente, a quatro mãos. Quando os patrões desceram para o café, o assoalho brilhava. O cheiro da cera predominava, mas o misterioso odor, que há dias intrigava a todos, persistia, a uma respirada mais forte.

Apenas uma questão de tempo. Com o passar das horas, o cheiro da cera — como era normal — diminuía, enquanto o outro, o misterioso, estranhamente, aumentava. Pouco a pouco reinaria novamente, para desespero geral de empregados e empregadores.

A patroa, enfim, contrariando os seus hábitos, tomou uma atitude: desceu do alto do seu grã-finismo com as armas de que dispunha, e com tal espírito de sacrifício que resolveu gastar os seus perfumes. Quando ela anunciou que derramaria perfume francês no tapete, a arrumadeira comentou com a copeira:

— *Madame* apelou pra ignorância.

E salpicada que foi, a sala recendeu. A sorte estava lançada. *Madame* esbanjou suas essências com uma altivez digna de uma rainha a caminho do cadafalso. Seria o prestígio e a experiência de Carven, Patou, Fath, Schiaparelli, Balenciaga, Piguet e outros menores contra a ignóbil catinga.

Na hora do jantar a alegria era geral. Não restavam dúvidas de que o cheiro enjoativo daquele coquetel de perfumes era impróprio para uma sala de visitas, mas ninguém poderia deixar de concordar que aquele era preferível ao outro, finalmente vencido.

Mas eis que o patrão, a horas mortas, acordou com sede. Levantou-se cauteloso, para não acordar ninguém, e desceu as escadas, rumo à geladeira. Ia ainda a meio caminho quando sentiu que o exército de perfumistas franceses fora derrotado. O barulho que fez daria para acordar um quarteirão, quanto mais os de casa, os pobres moradores daquela casa, despertados violentamente, e que não precisavam perguntar nada para perceberem o que se passava. Bastou respirar.

Hoje pela manhã, finalmente, após buscas desesperadas, uma das empregadas localizou o cheiro. Estava dentro de uma jarra, uma bela jarra, orgulho da família, pois tratava-se de peça raríssima, da dinastia Ming.

Apertada pelo interrogatório paterno, Giselinha confessou-se culpada e, na inocência dos seus 3 anos, prometeu não fazer mais.

Não fazer mais na jarra, é lógico.

CARA OU COROA

CARA — Meu marido é um homem muito regrado, queridinha. Dorme sempre cedo, não fuma e não bebe uma gota.

COROA — Pressão arterial.

CARA — O jogo foi pontilhado de incidentes, com jogadas bruscas de ambos os times, chegando os jogadores às agressões mútuas, sob o olhar complacente do árbitro.

COROA — Jogo amistoso.

CARA — Tu é besta, seu! A moçada num fizero nada por causa de que faltou fibra, tá? Se é o meu ali eles entrava bem.

COROA — Rubro-negro.

CARA — Você me encontra às 3 no café e vamos até lá bater um papo com ele. Depois, se você quiser, podemos ir a um cinema qualquer pra fazer hora.

COROA — Funcionário público.

CARA — Que bobagem. Comemos um sanduíche e pronto, estamos almoçados. Comer em restaurante demora muito.

COROA — Véspera de pagamento.

CARA — Essas bebidas estrangeiras são de morte. É tudo falsificado. A mim é que elas não pegam. Sempre que posso evitar de tomar uísque, gim e outras bombas, eu evito.

COROA — Cachaceiro.

CARA — Meu bem, sou eu... Olha, você vai jantando e não precisa se incomodar de guardar comida para mim. O chefe resolveu adiantar aqui uns processos e eu estou com cerimônia de me mandar e deixá-lo sozinho na repartição.

COROA — Boate.

CARA — É o cúmulo a importância que os semanários dão a essas mocinhas do Arpoador. Umas sirigaitas muito sem-vergonhas, tirando retrato quase nuas, para essas reportagens frívolas. Eu, hem?

COROA — Feia.

CARA — O aumento do custo de vida no Brasil é uma conseqüência lógica do desenvolvimento do País, insuflado pelo crescimento da população e outros fenômenos dos quais só podemos nos orgulhar.

COROA — Rico.

CARA — As crianças de hoje devem ser educadas através de métodos da moderna pedagogia, baseados em estudos da psicologia infantil. Na fase atual é um verdadeiro crime os pais gritarem ou baterem nos filhos.

COROA — Solteira.

CARA — Trago comigo recortes com comentários sobre as minhas atuações. Gostei imensamente de lá. Eles adoram a bossa nova e eu só não fiquei mais tempo porque senti saudades da nossa terra.

COROA — Cantor voltando do estrangeiro.

CARA — A beldade em questão é professora diplomada e relutou muito em aceitar o convite para se candidatar, pois adora o magistério. Lê muito e seu ator favorito é Somerset Maughan, adora poesia e gosta de praia. Não joga, não fuma e não bebe.

COROA — Candidata a Miss.

CARA — O Rio é muito mais lindo do que imaginava. Capacabana é um sonho das mil e uma noites que se tornou realidade. O Pão de Açúcar é uma beleza e, quando voltar ao Brasil, gostaria de ir ver Brasília.

COROA — Visitante ilustre, no Galeão.

CARA — Um dia ainda hei de me dedicar ao lar, sem prejuízo de minha carreira.

COROA — Atriz.

CARA — Minha peça é uma sátira aos costumes modernos, pois minha intenção era dar um cunho social à trama. A mensagem nela contida é o protesto popular contra as injustiças da sociedade.

COROA — Autor estreante.

CARA — Os compromissos que assumimos para com o povo nos obrigam a combater as forças imperialistas, o capital colonizador, os grandes trustes, toda e qualquer opressão sobre o operariado e suas justas reivindicações.

COROA — Deputado da esquerda.

CARA — É nosso dever combater sem tréguas as constantes tentativas de subverter as massas, as sistemáticas infiltrações no meio das classes operárias, os falsos representantes do povo, que se arvoram em seus defensores para fins inequívocos.

COROA — Deputado da direita.

CARA — Tudo faremos pela vitória. Um abraço para os meus familiares.

COROA — Jogador de futebol.

O INFLUENTE DR. RUI

Existe um governador, e não vamos dizer de que estado para não bagunçar a chacrinha do distinto, que resolveu ser discreto na base do código e apelidou a amante de Dr.

Rui. Só os seus homens de confiança sabem que o Dr. Rui é uma mulher com a qual o ilustre homem público tem um caso. Para o resto do mundo, o Dr. Rui é um homem de muita importância política, com o qual o Sr. Governador tem constantes contatos.

Mas parece que S. Exa. tem prevaricado acima do normal, pois pessoas que não sabem da história e precisam falar com o chefe do governo estadual ficam irritadas de esperar por ele, tendo apenas a vaga informação de que o Sr. Governador não está no momento, ausente por causa de uma conferência com o Dr. Rui.

Há, outrossim, os eternos puxa-sacos, que, sentindo que o Dr. Rui é uma personalidade influente (e se não fosse não estaria tantas vezes em companhia de S. Exa.), tratam de elogiar seu tino político, sua influência nos meios políticos, seu cartaz em Brasília, na esperança de que cheguem aos ouvidos do Dr. Rui tão rasgados elogios.

Entre os homens mais chegados ao governador, no entanto, o Dr. Rui já penetrou pelo perigos terreno da galhofa e, entre si, fazem até piadas. Um houve, inclusive, que vendo uma mulher boa, disse para outro: "Essa daí dava um Dr. Rui e tanto." Mas deixa isso pra lá.

O que queremos contar é que o próprio inventor do Dr. Rui às vezes comete pequenas indiscrições que um dia talvez ainda venham a prejudicá-lo. Foi assim noutro dia, quando estava em reunião o secretariado. Entrou na sala um dos oficiais-de-gabinete do governador e avisou-lhe:

— Excelência, o Dr. Rui está no telefone.

Imediatamente ligaram o aparelho na tomada e, ali mesmo, o governador atendeu o telefone, interrompendo a reunião. E todo o secretariado ouviu o que dizia:

— Dr. Rui? Boa tarde, Dr. Rui... É, de fato... Eu agora estou muito ocupado, Dr. Rui... Eu o chamarei mais tarde. Como, Dr. Rui? Ontem???... Eu estava para lhe dizer. Ontem eu tive que visitar umas obras do meu governo e não pude ir à conferência... Mas pode deixar que despacharemos amanhã os dois... Obrigado, Dr. Rui. Um abraço... Na boquinha, tá?

COM A AJUDA DE DEUS

Tia Zulmira, pesquisadora do nosso folclore, descobre mais um conto anônimo. Conforme os senhores estão fartos de saber, quando uma coisa não tem dono, passa a ser do tal de folclore. Assim é com este conto muito interessante que a sábia macróbia colheu alhures.

Diz que era um lugar de terra seca e desgraçada, mas um matuto perseverante um dia conseguiu comprar um terreninho e começou a trabalhar nele e, como não existe terra bem tratada que deixe quem a tratou bem na mão, o matuto acabou dono da plantação mais bonita do lugar.

Foi quando chegou o padre. O padre chegou, olhou para aquele verde repousante e perguntou quem conseguira aquilo. O matuto explicou que fora ele, com muita luta e muito suor.

— E a ajuda de Deus — emendou o sacerdote.

O matuto concordou. Disse que no começo era de desanimar, mas deu um duro desgraçado, capinou, arou, adubou e limpou todas as pragas locais.

— E com a ajuda de Deus — frisou o padre.

O matuto fez que sim com a cabeça. Plantou milho, plantou legumes, passou noites inteiras regando tudo com cuidado e a plantação floresceu que era uma beleza. O padre já ia dizer que fora com a ajuda de Deus, quando o matuto acrescentou:

— Mas deu gafanhoto por aqui e comeu tudo.

O matuto ficou esperando que o padre dissesse que deu gafanhoto com a ajuda de Deus, mas o padre ficou calado. Então o matuto prosseguiu. Disse que não esmorecera. Replantara tudo, regara de novo, cuidara da terra como de um filho querido e o resultado estava ali, naquela verdejante plantação.

— Com a ajuda de Deus — voltou a afirmar o padre.

Aí o matuto achou chato e acrescentou:

— Sim, com a ajuda de Deus. Mas antes, quando Ele fazia tudo sozinho, o senhor precisava ver, seu padre. Esta terra não valia nada.

VACINA CONTROLADORA

Conforme vocês sabem, o problema de natalidade se está tornando crucial, principalmente na Índia e na China. Indianos e chineses fabricam neném com a mesma prodigalidade com que americano fabrica jipe. E isto é chato. Embora atualmente, a coisa se restrinja ao continente asiático, brevemente será também dos outros continentes, inclusive o nosso, pois nordestino não é asiático nem nada, mas como faz filho.

O caso, é lógico, começa a preocupar o mundo ocidental e o presidente do Conselho de População de Nova Iorque, Mr. Frank Norestein, anunciou ao mundo que o controle de natividade muito mais breve do que se pensa poderá ser obtido através de vacinas que terão garantia de seis meses a um ano de imunização.

Diz o distinto que o atual ritmo de natividade (ele foi discreto e não citou nem indiano, nem chinês, nem cearense) vem num crescendo tal que, mais cedo ou mais tarde, até mesmo as entidades religiosas serão levadas a aceitar uma solução médica capaz de controlar a natividade.

Aqui, o guia espiritual de vocês, que não acredita em nada sem antes consultar a sábia Tia Zulmira, esteve no casarão da Boca do Mato, contando para a velha e experiente ermitã o que se propala sobre a vacina controlada de natividade. Em seguida, Stanislaw perguntou à Tia Zuzu o que achava de tudo isso.

Ela retirou o *pince-nez*, coçou o nariz, e explicou que os anticonceptivos já existem às pampas e muitos deles são batata. Apenas, pressões de ordens religiosas obrigam a medicina a não caprichar demasiado na fórmula, restringindo com isso a ação dos laboratórios, razão pela qual, de vez em quando, um consumidor de anticonceptivo penetra pela tubulação.

— De qualquer forma — acrescentou a veneranda senhora —, a melhor vacina para controle de natividade era a que eu adotava, no meu tempo de casada.

— Qual era?

— Cada um dormia num quarto.

FILHINHO DA VOVÓ

Em Londres, onde ultimamente têm acontecido coisas tão interessantes e tão pouco britânicas, durante a Conferência Anual da Associação Médica, um dos conferencistas fez uma revelação de fato extremamente grave. Mais do que grave, até: fez uma revelação de fato extremamente grávido. Fê-la o médico inglês L. Kopelowitz, que vem observando os efeitos das pastilhas anticoncepcionais.

Diz ele que uma mulher que tomar tais pastilhas durante a maior parte de sua vida não está livre de ser surpreendida pela cegonha (essa ave pernalta e peralta — conforme diz Tia Zulmira). Não que a pastilha possa falhar na hora e sim porque a pastilha apenas retarda o processo de ovolução. Isto é, a pastilha é como a Justiça Divina ao contrário. Enquanto esta tarda mas não falha, a pastilha faz as duas coisas; tarda e falha. E esse retardamento é tão longo que — segundo o médico — pode surpreender senhoras de 60 ou 70 anos.

Vejam vocês que fria! À primeira vista pode parecer que a pastilha ajuda senhoras de 60 ou 70 anos a terem filhos, o que não teria importância nenhuma, pois a pastilha não faria efeito sem a contribuição masculina, pouco encontradiça em senhoras que atingem as idades mencionadas. Mas, na verdade, não se trata disso. O Dr. Kopelowitz afirma que as pastilhas tomadas em tempo normal, quando as distintas ainda são viçosas, atrapalham a concepção, mas não a evitam. Conseguem apenas retardar a ovulação, que, assim, poderá seguir seu processo normal quando a ex-viçosa estiver com 60 ou 70 anos.

Isto é grave, irmãos. Isto é muito grave. Primeiro porque muita velha presa ao recato pela postura que lhe exige a avançada idade pode se pegar na desculpa da pílula e come-

çar a largar brasa pela aí. E segundo porque... puxa, eu nem quero pensar. Um cara de 50 anos pode ganhar um irmãozinho de repente; irmãozinho que podia ser seu neto.

Cuidado com as pastilhas, *ladies* do Império Britânico (e senhoras de um modo geral, é claro). As pílulas anticonceptivas são relativamente novas no mercado consumidor, mas quando chegar o tempo previsto pelo médico, vai começar a estourar novidade às pampas. Oh, a ovulação retardada. Já estou até lendo nas cartilhas do futuro: em vez de "Vovó vê o ovo"... "Vovó deu à luz".

ÍNDIO A BORDO

O médico sanitarista Noel Nutels volta e meia se interna no sertão brasileiro, prestando assistência aos índios, dando vermífugo para Boca Negra, curando tuberculose de Ceci e Peri, fazendo parto de tudo que é Diacuí do mato. Noel Nutels já fez mais pelo progresso das regiões inóspitas do Brasil do que todas essas enfáticas comissões que estudam a tal de Aliança Para o Progresso. Na verdade, Noel Nutels vale o peso em ouro de um Augusto Frederico Schmidt, embora o poeta dos mercadinhos — segundo informações recentes — esteja ultimamente mais sobre o oblongo ainda.

Sempre que o Dr. Noel Nutels retorna da selva traz uma porção de histórias novas para os amigos. Recentemente ele contava o caso do índio que era tarado para andar de avião.

Aconteceu no interior de Mato Grosso. Todas as vezes que o pequeno avião que levava os expedicionários à região dos índios aterrava, lá estava o tal índio. Mal o Noel saía de dentro do avião, o índio — que falava um pouquinho a língua de branco — corria para ele, pedindo para dar uma voltinha de avião. O médico driblava-o, prometendo levá-lo para a voltinha noutra ocasião.

E a ocasião veio. Tendo de fazer um vôo de reconhecimento sobre a mata, o piloto perguntou a Noel se não queria aproveitar para pagar a promessa ao índio. Noel gostou da sugestão e embarcou com o distinto. E lá estavam eles dando voltas sobre a mata (o piloto e Noel na frente, o índio no banco de trás), quando o piloto, mostrando uma clareira, disse pro Noel:

— Foi ali que caiu o avião da Pan-American.

Isso bastou para o índio levantar-se de um salto e perguntar, de olhos esbugalhados:

— O quê??? Avião cai???

E ante a resposta afirmativa dos dois, passou a chorar e a berrar como um doido:

— Me tira daqui. Me tira daqui.

COMIGO NÃO!

Diz que quando foi feita a batida policial na tal Boate Étoile aconteceram coisas muito curiosas. Um dos componentes da plebe ignara, que ficou no sereno da coisa, observando a manobra policial, conta à flor dos Ponte Pretas episódios do evento. Diz que, quando a Polícia entrou, parecia que lá dentro tudo estava normal. Pares sentados nas mesas, bebericando, e pares a rodar pelo salão, a dançar de rosto encostado.

Só quando acenderam a luz é que as autoridades perceberam que vários dos rapazes que fumavam cachimbo ou charuto, nas mesas, eram senhoras masculinizadas. Assim como os homens que, com gestos másculos, apertavam suas damas na pista de dança eram todos madamas disfarçadas, berrando com voz grossa que aquilo era um absurdo. Houve até madama disfarçada que quis sair no braço com os guardas.

Contornada a primeira dificuldade, que foi serenar os ânimos das "valentes" senhoras, o delegado mandou que fossem em cana todos os presentes, para o que havia um tintureiro lá fora, à guisa de condução. E então deu-se o desfile aos olhos da plebe ignara: senhoras com botina de soldado, senhoras de gravata, senhoras até de bigodinho tipo alegria-de-suburbana. Uma das senhoras, na hora de embarcar na viatura, protestou, dizendo:

— Quando eu chegar em casa, minha mulher vai ficar danada — Dito o que, arregaçou um pouco as calças de brim coringa e subiu pro tintureiro.

Na delegacia ficou-se sabendo que as madamas machonas só se tratavam pelo sobrenome, para dar um ar mais machão à coisa, isto é, só se chamavam de "Azevedo", "Moreira", "Gonçalves", etc., exigindo o maior respeito para com suas namoradas, todas muito frágeis mas também em cana.

Vai daí o delegado começou a registrar o nome das madamas no livro de ocorrências. Primeiro respondeu uma de charuto na boca, dizendo chamar-se "Barroso"; depois uma outra de bigodinho fino à Clark Gable, que se identificou como sendo o "Magalhães", e assim sucessivamente. Até que o delegado chegou ao final da fila, perguntando à figurinha que estava encolhida:

— E você aí, como é seu nome?

— Paulo — foi a resposta.

— Paulo??? — estranhou o delegado: — Quer dizer que a senhora é a única que não se identifica pelo sobrenome?

— Seu delegado — respondeu o coitado —, o senhor tá enganado. Eu não sou mulher não. Eu sou o garçom da boate.

SAÚDE MENTAL

Nada pode um homem que se deixou influenciar pelo elogio dos amigos, nada pode depois que ouviu e gostou da opinião alheia a seu respeito. Era um sujeito calmo, ponderado, reagindo normalmente ante fatos e situações que o destino lhe arranjara. Mas, como este mundo é de doidos,

por ser assim normal, ouviu certa vez um amigo dizer que apreciava muito sua saúde mental.

A expressão, que era nova aos seus ouvidos, calou-lhe bem na alma, a ponto de ficar meditando sobre ela. Sim, realmente devia ser melhor servido de temperamento do que a maioria das pessoas. E sorriu da sua vantagem.

— Você é extraordinariamente ponderado — afirmou-lhe, depois, um outro amigo.

Então começou a caprichar. Como o jogador de futebol que, depois que fica famoso, não vai em qualquer bola, ele começou a se fazer precioso. Conselheiro também não, que não chegara a tanto, mais cauteloso, porém.

Com isso a fama cresceu. Era um sujeito que não cometia desatinos, que fazia tudo que os outros faziam sem chegar aos exageros e excessos da maioria. Bebia, sim, mas nunca ficava bêbedo; não jogava porque não gostava, mas nem por isso detestava jogo: podiam-se contar diversos casos amorosos na sua vida extraconjugal e, embora algumas das mulheres que foram vistas em sua companhia fossem realmente belas, jamais se apaixonou por nenhuma. Quando os amigos pensavam que, desta vez, ia se estrepar, saía ileso da aventura, comentando mais tarde que a fulana era um amor de pequena, mas que o negócio já estava passando dos limites.

Tinha limites. Ainda que pareça incrível, um homem vivendo tal como vivem os homens de hoje tinha limites. E era isso que os outros engrandeciam, dando-lhe tapinhas nas costas, sem disfarçar uma ponta de inveja.

Houve um momento em que sentiu que os limites cresciam. Que pensariam os conhecidos se fizesse determinada coisa? Se ele, que era um exemplo, fazia assim, como não fariam os outros? Não, de jeito nenhum. Tinha que agir como um modelo.

Quando um camarada é considerado e consagrado como modelo — podem ficar certos — é porque está à beira de fazer uma besteira. Um dia percebeu que perdera toda a naturalidade, vivia preocupado com suas atitudes e sentiu-se enganado como um pai que acreditou em educação moderna. Sentiu-se como esses cavalheiros que se embebedam de puericultura e acabam com o complexo de que o filho não deve ter complexos.

Sou um escravo de mim mesmo — pensou. E tratou de reagir antes que fosse tarde demais. Naquele mesmo dia estava sentado num bar e, quando um conhecido passou e saudou-o, respondeu com a voz pastosa, dizendo, ante a surpresa do outro:

— Tou bêbedo sim, e daí?

Para os que o apreciavam, aquilo era o apelo para a ignorância. Ele — muito intimamente — sabia que estava apenas fazendo o que todo mundo faz, mas aos olhos alheios sua atitude tomava a forma de um desatino.

Nos dias que se seguiram gastou todo o seu poder de convicção tentando explicar que um homem, para ter limites, precisava não ter limites, tese que ainda mais colaborou para a desconfiança do próximo. Um homem — dizia —, quando é verdadeiramente consciencioso, age e depois justifica-se com a consciência, mas não deve nunca se sacrificar por ela.

Esta teoria, que passou a seguir ao pé da letra, é que levou pessoas intrometidas a aconselharem à família uma cura pela psicanálise. Sabendo-se perfeitamente recuperado a ponto de nunca mais se deixar influenciar, concordou com a receita, sorrindo inteiramente de todas essas complicações que a nova ciência adotou e anda a espalhar por aí. E, como era realmente um homem de excelente saúde mental, passou incólume por testes e contratestes, permanecendo fiel àquilo que descobrira à custa da própria experiência.

E ontem, quando a família já o supunha inteiramente recuperado, ele, somente para provar mais uma vez que o homem para ter limites não deve ter limites, comprou um macaco.

NESTA DATA QUERIDA

O calor, a vontade de tomar um banho e uma terrível dor de cabeça levaram-no a abandonar o escritório, num desejo incontido de descansar o corpo e distrair o mau humor.

Fechado no elevador, teve o seu primeiro sintoma de alegria ao pensar que estava prestes a chegar, pensamento que se esvaiu ao ouvir a algazarra que vinha lá de dentro do apartamento. Correu, meteu a chave na porta, abriu-a e ficou sem entender. Eram bem umas trinta crianças, entre brinquedos, bolas de encher, docinhos, apitos, babás e mamães.

Saiu da surpresa para o encabulamento. Esquecera completamente o aniversário da filha. Que vergonha! E todos ali olhando para ele — o dono da casa.

O jeito foi disfarçar, dizer "boas tardes" gerais, cumprimentar as mães mais próximas e alisar a cabeça das crianças que lhe atrancavam o caminho.

Passado o primeiro momento, voltou o barulho infernal. Novamente apitos, choros, gritos, risos, reco-recos, etc. A mulher, sem que ninguém percebesse, passou-lhe um embrulho, dizendo:

— Toma. É o seu presente para a SUA filha.

Esse "sua" aí foi assim mesmo, com maiúsculas na voz. Fingiu não notar, abraçou-se com a filha e entregou-lhe o pacote, sem disfarçar a própria curiosidade em saber o que era.

Era um urso de pelúcia, com uma caixinha de música dentro.

— Quanto custou? — perguntou à mulher, num sussurro.

— Dois contos! — respondeu ela, aumentando o preço e diminuindo a voz.

Só então lembrou-se de que tudo aquilo estava correndo por sua conta. Os doces, as bolas de encher (quantas!) penduradas na parede, os salgadinhos, Coca-Colas, guaranás, pacotes de balas, cornetas e até sessão de cinema, programada para o seu escritório, onde já havia um camarada a ligar fios e tomadas.

E dizer-se que tinha vindo para casa mais cedo devido a uma terrível dor de cabeça! Agora nem uma tonelada de aspirinas adiantaria, tal era o barulho que a criançada fazia.

Assim mesmo tomou um soporífico na cozinha, ocasião em que a empregada avisou-o que a água acabara e que toda a louça da festa ficaria para ser lavada no dia seguinte.

Não se sentiu com disposição pra "fazer sala". Chamou a mulher e explicou o seu estado. Ela limitou-se a dizer:

— Vá para o quarto então. Você não ajudou nada mesmo.

Era evidente a zanga, mas isso ficaria para ser ajeitado depois. Afinal não tinha culpa de sua falta de memória.

E foi entrar no quarto e levar aquele susto. Um garoto de cabelo arrepiado, envolto na sua capa de borracha, abrira todas as gavetas da cômoda, subia por elas e, lá de cima, se atirava na cama.

— Que é isso, menino?

— Sou o Homem-Pássaro — respondeu o garoto, e voltou a se atirar sobre as pobres molas do colchão.

Expulsou o intruso com capa e tudo. Depois ficou ali no quarto, esperando que acabasse a farra. O silêncio bom que reinou em volta, ao fechar a porta, foi recebido com um suspiro de alívio. Deitou-se na cama imaginando o que veria no dia seguinte: seus livros atirados no chão, doces esborrachados no tapete, Coca-Cola no sofá da sala, copos por toda parte, inclusive dentro da vitrola, e, sobretudo, uma imensa conta para pagar.

Lá pelas 9 da noite, a mulher entrou no quarto e não respeitou o seu sono. Foi logo dizendo:

— Bonito, hein? Além de esquecer a data ainda me deixa sozinha com as visitas. Nem ao menos conversou um pouco com o senador.

— Senador? — perguntou ele, tonto de sono.

— É sim. O Senador Castro foi tão gentil trazendo o filho e você nem foi cumprimentá-lo.

— Como era o filho dele? — quis saber, fingindo interesse.

— Um bonitinho, de cabelo arrepiado, que estava brincando com a sua capa.

— Ah, sei. O Homem-Pássaro.

E, após estas palavras, adormeceu profundamente, não sem antes ouvir um último comentário da mulher. Disse ela:

— Ainda por cima você está bêbado.

O HOMEM QUE NÃO FOI A SÃO PAULO

De repente deu-lhe aquela chateação de ter que ir para São Paulo. Olhou para a valise já prontinha, que a mulher preparara e que descansava sobre uma poltrona do escritório, e puxou um longo suspiro. Depois olhou para a passagem da ponte aérea que estava em cima da mesa e sentiu um leve, um quase imperceptível mal-estar. Afinal, tinha pouca coisa a fazer em São Paulo. Se tivesse sorte de conseguir uma linha, talvez resolvesse tudo com o chefe do escritório de lá e então ficaria com uma noite livre no Rio, iria para onde bem entendesse, dormiria num hotel qualquer e não teria de dar satisfações a Mercedes, que esta estaria crente que ele seguira mesmo para São Paulo.

Pegou o telefone e discou "Interurbano". A voz neutra e irritante da telefonista perguntou o que ele queria. Cruzou os dedos e pediu São Paulo, aliviado de não ouvir em seguida aquela frase cretina: "Os circuitos estão ocupados, queira chamar mais tarde." Quando acabou de dar as ordens ao chefe do escritório, sentia-se bem melhor. Ao pegar de novo o telefone, parecia muito bem-disposto e teve de se conter para não demonstrar sua alegria:

— Mercedes? Sou eu... Já vou sim. Não sei, meu bem. Sigo agorinha para o aeroporto e pego o primeiro que tiver lugar. Obrigado. Outro pra você.

Desligou e ficou imaginando que era o golpe. Ir para um bar e encher a caveira? Telefonar para uma daquelas desajustadas de sempre? Ia optar pela segunda hipótese, quando se lembrou que já era um pouco tarde e mulher avulsa que se preze não continua avulsa depois que a tarde cai. O jeito era sair por aí... Mas novamente o telefone entrou em cena. A campainha soou e ele ouviu a voz do Augusto:

— Seu passe está livre para um pagode?

Aquilo caía do céu:

— Puxa, Augusto... você encaixou na horinha. Imagine que eu ia para São Paulo e resolvi não ir... Mal telefonei para Mercedes... acabei de ligar, dizendo que ia, mas disposto a ficar por aqui mesmo.

— Ótimo! — exclamou o Augusto. — Pois eu estou de cacho aí com um pequena bem razoável. Ela me avisou que tem uma amiguinha sobrando, coisa fina, e pediu que eu levasse um amigo.

— Tô nessa boca — berrou o que ia a São Paulo e não foi, achando que mais uma vez se confirmava a sua sorte com mulher. E apressou-se: — Diga à sua amiguinha para levar a outra que eu terei o maior prazer em desencaminhá-la.

Augusto esclareceu que não precisava isso. Já estava tudo combinado: as duas estariam no bar assim-assim, às tantas horas, esperando. E, a uma pergunta aflita, tratou de tranqüilizar o amigo: não conhecia a outra, mas devia ser boa sim, porque tivera o cuidado de se informar sobre este detalhe e sua pequena garantira que era papa-fina.

Saíram logo que Augusto chegou no escritório. Estava tão animado que já ia esquecendo a valise em cima da poltrona. Voltou, apanhou-a e antes de apagar a luz rasgou a passagem da ponte aérea e jogou na cesta. "Mercedes pode ver esta porcaria no meu bolso e vai ser fogo" — pensou. E juntou ao pensamento um ditado de sua autoria que costumava usar sempre que se metia numa baderna: "Marido prevenido, casamento garantido."

Augusto manobrou o carro e entrou na vaga com facilidade. Antes de atravessarem a rua, apontou para o barzinho elegante da esquina, explicando que elas estavam esperando ali. Quando entraram na sala um tanto quanto penumbrosa, a penumbra não chegou para esconder a mulher que acenou em sua direção:

— Aquela é a minha — foi dizendo o Augusto — e a outra é a sua.

Como se ele não soubesse que era a sua! Lá estava ela, toda fresca, no vestido vermelho que ele financiara na véspera. Aliás, foi o ar fresco que lhe deu mais raiva. Partiu por entre as mesas bufando e iniciou incontinenti o festival de bolachas.

— Mas o que é isto... mas o que é isto? — perguntava Augusto atônito.

Ninguém ali sabia direito por que é que ele estava batendo, mas Mercedes sabia perfeitamente por que é que estava apanhando.

BRASIL, 2063

O filho perdera o foguete das 7 para o colégio e passara o dia inteiro em casa, chateando. Agora pedia para ir brincar um pouco lá fora, antes do jantar, e a jovem senhora concordou. Ajeitou a camisa de plástico anti-radioativo do garoto e recomendou:

— Mas brinque aqui mesmo na Terra, hein?! Seu pai não gosta que você atravesse a galáxia sozinho.

Voltou para o quarto e sentou-se desanimada diante do espelho. Depois começou a passar o removedor atômico no rosto. A folhinha eletrônica em cima da mesinha marcava a data: 30 de julho de 2012. Fazia 30 anos naquele dia e se sentia uma velha, apesar de sua bela aparência. E pôs-se a pensar no presente de aniversário que o marido lhe dera: uma bonita vitrola superestereofônica tridimensional. "Não sei onde vamos parar com esses preços" — disse para si mesma, pois sabia que o marido, pelo plano Creditex, dera 2 bilhões de cruzeiros de entrada.

Ouviu o videofone tocar e logo depois sentiu a presença do mordomo invisível no quarto. A voz respeitosamente informou que era para ela. Mandou que o empregado li-

gasse a tomada para o seu quarto e, enquanto sentia que ele se retirava, considerou que precisava chamar a atenção do mordomo para o bafo alcoólico que deixava no ar. Provavelmente dera outra vez para chupar drops de uísque durante as horas de trabalho.

Agora a voz familiar de sua amiga Mariazinha dizia "alô" e logo depois sua cara gorda aparecia no retângulo do videofone:

— Querida — dizia ela — eu te videofonei para dar os parabéns pelo dia de hoje.

A outra agradeceu e ficaram a conversar sobre essas coisas que as mulheres vêm conversando há séculos sem o menor esmorecimento. De repente, a cara gorda se iluminou com um sorriso:

— Você sabe que eu descobri uma decoradora formidável e baratíssima? — E frisou: — Baratíssima! — E vendo o interesse da amiga, contou que mandara restaurar o radar da sala de jantar e que a decoradora fizera um trabalho que é um amor.

— Me dá o endereço — pediu a aniversariante.

— Local X 120 HV, 985º andar. — E como a amiga não se lembrasse onde era o Local X 120, esclareceu: — Antiga Praça San Thiago Dantas.

Conversaram ainda sobre problemas domésticos e Mariazinha ficou sabendo que a amiga estava sem cozinheira. Mandara a antiga embora, porque dera para queimar as pílulas do jantar a ponto de tornar a refeição intragável. Tanto assim que iam aproveitar o aniversário para comer fora:

— Vamos à pílula-dançante do Country. — Isso, naturalmente, se o marido chegasse em casa cedo, o que era improvável, pois o helicóptero dele estava na oficina e, na hora do rush, sabe como é, esses aviadores somem e não há um helicóptero de aluguel para servir as pessoas.

Mariazinha ainda conversou um pouquinho. Contou o escândalo da véspera, quando um deputado se desentendera com o Corbisier Neto e puxara uma pistola atômica para alvejar o político petebista. Felizmente a turma do deixa-disso impedira que o coitado fosse desintegrado no plenário. Em seguida Mariazinha se despediu.

Desligando o videofone, voltou à sua toalete mais animada um pouco pela conversa da outra. Mariazinha era uma mulherzinha decidida, que nunca perdia o bom humor, apesar da tragédia de que fora vítima: o marido cometera "sexídio". Tomara um remédio para virar mulher.

E estava na sala a ler o romance de um escritor do século passado — um clássico novecentista — quando o marido chegou. Vinha esfalfado, com uma cara de quem fizera um esforço fora do comum.

— Já sei que não vamos à pílula-dançante — disse ela.

— De jeito nenhum, minha filha — respondeu o marido. — Imagine que o cérebro eletrônico do escritório enguiçou e eu passei o dia inteiro pensando sozinho.

A mulher suspirou de desânimo e murmurou chateada:

— Com esse governo que anda aí, nada funciona direito no Brasil.

GOL DE PADRE

Da janela eu vejo os garotos no pátio do colégio, durante o recreio. Sempre me dá uma certa saudade, porque eu já fui menino. Aliás, embora pareça incrível, até mesmo pessoas como o Sr. Jânio Quadros ou Dom Hélder Câmara ou mesmo a veneranda Tia Zulmira já foram crianças. O importante é não deixar nunca que o menino morra completamente dentro da gente, quando a gente fica adulta. Pobre daquele que abdicar completamente de gostos infantis. Ficará velho muito mais depressa. O menino que a pessoa conserva em si é um obstáculo no caminho da velhice.

Dizem até que é por isso que os chineses — de incontestável sabedoria — conservam o hábito de soltar papagaio (ou pipa, se preferem) mesmo depois de homens feitos. Não sei se é verdade. Nunca fui chinês.

Mas, quando começa o recreio no colégio, da minha janela vejo o pátio e, quando a campainha toca para o intervalo das aulas, paro de trabalhar e fico na janela, como se estivesse no recreio também.

Agora mesmo os meninos estão lá, saindo de todas as portas para o meio do pátio, onde um padre, com uma bola novinha debaixo do braço, escolhe os times para um jogo de futebol. Os garotos reclamam esta ou aquela escolha, mas o padre deve ter fama de zangado, pois basta alguém reclamar, que ele, com um simples olhar, cala o reclamante.

— Você, do lado de cá; você aí, para o lado de lá — vai ordenando o austero sacerdote.

Quando os times já estão formados, ele vai até o meio do pátio, onde seria o meio do campo, se ali houvesse um campo demarcado, coloca a bola no chão e supervisiona um "par ou ímpar" entre os dois centroavantes. O vencedor dará a saída.

Ministro de Deus deve ser superior às paixões clubísticas, e vejo o padre apitar o jogo com tal precisão e com tamanha autoridade que fico a imaginar: um padre, em dia de decisão de campeonato, pode perfeitamente resolver o problema sempre premente da arbitragem.

Um garoto pegou a bola em *off-side* clamoroso, como dizem os locutores esportivos. O padre apita, mas o garoto finge que não ouve, foge pelo centro e emenda um bico, que passa pelo quíper adversário e vai para o fundo das redes imaginárias. Todo o time do goleador grita e corre para abraçar o companheiro. O padre, impassível, está apontando para o local onde o jogador pegou a bola em *off-side.*

Este juiz é fogo, expulsou o que fizera o gol, por não ter respeitado o seu apito, e expulsou um outro do mesmo time, porque reclamara contra a sua decisão. Depois olha em volta, vê dois garotos sentados num banquinho, lá atrás, e chama-os para substituir os indisciplinados. Os dois correm felizes para preencher as vagas. Sua Senhoria dá nova saída e prossegue a "pelada".

Futebol de garoto é muito mais de ataque do que de defesa. Os técnicos do nosso futebol, que tanto têm contribuído para enfear o espetáculo do esporte do século, armando mais as defesas do que os ataques, na ânsia de não perder o emprego diante de uma goleada adversária, podiam aprender muito com futebol de garoto. O principal é marcar mais gols, e não — como querem os ditos técnicos — sofrer menos gols.

Baseados nesta verdade nascida com o próprio futebol, o escore no jogo dos garotos, neste momento, é de 14 a 12. E aí vem mais gol. O padre acaba de marcar um pênalti contra o time do lado de lá. Um garoto da defesa segurou outro garoto do ataque adversário e tirou-lhe a camisa para fora das calças, sob estrepitosa gargalhada de todo o recreio, menos do padre. Este deu o pênalti, mas com a cara amarrada que vinha conservando até ali.

Bola na marca, camisa pra dentro das calças outra vez, o garoto que sofrera a falta correu e diminuiu a diferença. Agora está 14 a 13, mas não há tempo para o empate. A campainha soa estridente no pátio do colégio e o "juiz" dá por encerrado o tempo regulamentar, com a vitória do time do lado de cá.

Pouco a pouco os meninos vão retornando para suas salas, pelas mesmas portas por onde saíram. O padre ficou sozinho no pátio. Caminhou até a bola e colocou-a outra vez debaixo do braço, sempre com um ar sério e compenetrado. Eu já estava a pensar que ele era desses que deixaram de ser meninos para sempre, quando ele me surpreende.

Olha para os lados, certifica-se de que está sozinho no recreio e então joga a bola para o ar, controla no peito e deixa a bichinha rolar para o chão. Levanta a batina e sai veloz pela ponta, dribla um zagueiro imaginário e, na corrida, emenda no canto, inaugurando o marcador.

Só faltou, ao baixar novamente a batina, voltar correndo para o meio do campo, com os braços levantados a gritar: Gooooooooolllll!!!!

DISCO DE GRÃ-FINA

Quando a mulher chegou em casa o marido estava no banheiro. Ela estranhou, porque o marido nunca tomava banho àquela hora. Não que fosse um marido desses que vão muito mais ao banheiro para outras coisas do que para tomar banho, mas é que o marido tinha procedimento metódico e só tomava banho de manhã.

Ficou muito mais intrigada, no entanto, quando, ao entrar no quarto, viu umas sapatilhas de veludo novinhas em folha, em cima da cama. E seu espanto chegou ao clímax quando a empregada veio lá de dentro com o smoking do marido passadinho, a camisa de peito duro engomada e a gravatinha black-tie ainda cheirando a benzina, da limpeza que recebera.

— Pra que isso? — perguntou a patroa.

— Sei lá — respondeu a empregada. — O patrão mandou que eu passasse, engomasse e limpasse isto tudo.

A mulher deixou que a empregada voltasse para a cozinha e se escondeu atrás da cortina. Pensou que o marido talvez estivesse sendo vítima de um abalo nervoso e resolveu espionar, para depois poder tomar as providências.

Mal ela se escondeu, ele saiu do banheiro cantarolando o samba "Aconteceu um novo amor", coisa que a deixou mais preocupada ainda. Será que aquele pilantra tinha arrumado um contrabando e estava namorando alguma desajustada social?

O marido, distraído, ficou nu, passou talquinho, botou uma água-de-colônia *primeiro time* nas axilas e sentou-se na beira da cama para vestir as meias pretas. Em seguida, calçou as sapatilhas de veludo e deu uma voltinha pelo quarto, para ver se não estavam apertadas. Na certeza de que estavam ótimas, apanhou as abotoaduras de ouro e colocou-as na camisa.

Dez minutos depois estava em frente ao espelho, ajeitando o lacinho da gravatinha black-tie, feito o que, vestiu o paletó do smoking e deu uma olhadela geral, em frente ao espelho grande do guarda-roupa da mulher; a mulher, que continuava atrás da cortina, intrigadíssima: será que o marido ficara doido mesmo e ia sair às 5 da tarde com traje a rigor?

Mas não. O marido foi para a sala, colocou um disco na vitrola e sentou-se numa poltrona. Logo os primeiros acordes de um samba de Carlinhos Guinle, justamente o "Aconteceu um novo amor", começou a tocar e uma cantora de voz quente pôs-se a cantar.

O marido encolheu a barriga, mal a cantora começou a cantar. Foi até o bar, apanhou um copo e serviu uísque (do bom). Abriu a cumbuca de gelo adrede preparada e botou duas pedras no copo. Sentou-se outra vez, com postura digna.

A mulher, que o seguira sem ser vista, não agüentou mais. Entrou na sala e perguntou:

— Você ficou matusquela, Azevedo?

O marido fez sinal para que ela ficasse calada e apontou para a vitrola, mas ela não deu a menor importância ao seu pedido:

— Que disco é esse?

O marido, visivelmente contrariado por ter sido interrompido na sua audição, respondeu:

— É o disco da Teresa Sousa Campos cantando as músicas do Carlinhos Guinle.

— E por causa desse disco você se vestiu assim?

— Claro! — respondeu o marido. — Você me acha com cara de ouvir Teresa Sousa Campos de pijama?

PAGODE NO COSME VELHO

Foi ao cair da tarde. O amigo telefonou, ele estava sonolento no escritório refrigerado, refestelado numa poltrona, com os pés estendidos em cima da mesa. Estava mesmo doido para um programa diferente. Atendeu o telefone meio aborrecido, pensando que fosse algum chato, falando de negócios. Mas era o amigo, convidando para o "grito de Carnaval".

— Mas já ??? — perguntou, espantado.

O amigo explicou que era um misto de grito de Carnaval com grito de Natal, enfim, era uma festinha dessas de sair faísca, só com gente séria, isto é, gente que sai do sério mas não espalha. Uísque às pampas, mulher aos potes, dando sopa. Coisa muito íntima e se ele não fosse não saberia nunca o que perdeu.

— Mas eu estou com terno de casimira escura. Hoje fui à missa de sétimo dia do meu sócio. Você não vai querer que eu vá para um pagode desses vestido de Jorgito Chaves.

— E isto é problema? — incentivava o amigo. Saía do escritório, ia numa loja por ali por perto e comprava um short colorido, uma camisa dessas de espantar americano e um chapeuzinho "Nat King Cole".

— E os sapatos? Eu estou de sapatos pretos, meias idem e ligas na canela.

Pois que fosse assim mesmo. Dava um toque de galhofa na coisa: short, camisa colorida, chapeuzinho "Nat King Cole", mas de sapatos e meias pretos, com liga na canela.

— Não ficarei ridículo? — perguntou, com certo receio.

— Ora, Rosamundo! Ridículo é ir para casa se chatear, tendo um pagode desses dando sopa — disse o amigo, convencendo-o em definitivo.

Combinaram tudo e ele já ia desligar, quando se lembrou do outro problema:

— Mas onde é que eu vou mudar de roupa? Se eu sair daqui do escritório vestido para a festa, eu fico tão desmoralizado com meus empregados que eles vão exigir até o 14º salário.

— No carro, Rosamundo. A festa é lá no Cosme Velho, numa casa discretíssima, pombas! Você muda de roupa no carro.

É... mudaria a roupa no carro. Apertou o "telespeck", quando a secretária entrou (era uma velhota muito da castigada pelas intempéries da vida, que sua mulher escolhera para sua secretária), avisou que ia sair.

— Se Margarida (era a esposa) telefonar diga que eu fui a uma reunião no ministério e chegarei mais tarde para jantar.

Dali saiu direto para uma loja de artigos mais ou menos masculinos. O leitor vai perdoar o "mais ou menos", mas é que certas lojas grã-finas de artigos masculinos andam vendendo cada camisinha, cada calcinha apertadinha de confecção tão marota que, eu vou te contar... O nosso amigo, porém, queria era um short, um chapeuzinho aquele, etc.

Entrou, escolheu tudo, disse que não precisava embrulhar, pagou e se sacudiu para a tal casa do Cosme Velho.

Estacionou bem pertinho mas não em frente, para poder trocar de roupa, e meia hora depois estava se esbaldando na festa, abraçado a uma pioneira sexual, dessas que de tarde são mocinhas desgarradas e de noite passeiam pela Avenida Atlântica assoviando fininho para os carros que passam.

O forró só acabou aí pelas 11 da noite. Suado e amarrotado voltou para o carro e então percebeu que esquecera de trancar a porta. A suspeita que logo lhe veio à mente transformou-se na amarga realidade.

Alguém se aproveitara e roubara sua roupa. E agora? Como é que ia pra casa naqueles trajes?

— Bem que eu estava com a impressão de que isto ia dar galho — bufava ele para o amigo que o convidara. Este, sentindo-se um pouco culpado (mais por causa do uísque do que por ter consciência), foi quem encontrou a desculpa ideal.

— Vai pra casa assim mesmo. Quando sua mulher perguntar você diz que ia passando debaixo de um tapume, quando o pintor que pintava o tapume deixou cair a lata de tinta em cima de você. Diz que sua roupa ficou inutilizada. Diz que estava comigo que eu confirmo depois. Fala pra ela que o jeito foi entrar numa loja qualquer e comprar um short e uma camisa, que era mais barato.

— E o chapeuzinho "Nat King Cole"? Que é que eu faço? — dizia o infeliz, sem disfarçar o nervosismo.

— O chapeuzinho você joga fora agora, sua besta — propôs o outro, juntando a ação à palavra e atirando longe o dito cujo.

Rosamundo chegou em casa meio encolhido, com medo de que a mentira não colasse. A esposa estava de tão bom humor que acreditou em tudo. Já suspirava aliviado, quando ela disse:

— A roupa suja de tinta está ali naquela poltrona, seu cretino.

Só então ele viu, só então percebeu: o paletó, a gravata, as calças, tudo dobradinho, tal como ele deixara no assento traseiro do carro, estava numa poltrona da sala.

O desquite será decidido breve, embora Rosamundo não saiba como pôde dar tanto azar assim, da esposa passar justo numa rua sem qualquer movimento, lá no Cosme Velho, ver seu carro... puxa, era muita falta de sorte!

Aliás, não era. O desquite, para Rosamundo, até que será um grande negócio, porque ele não sabe, mas Margarida também ia àquele pagode. Só não foi porque, ao chegar na porta da casa, viu o carro de Rosamundo estacionado.

FÉRIAS CONJUGAIS

A mulher estava sentada numa poltrona da sala, em pleno estado de chateação, após receber o telefonema do marido, que avisava para organizar um jantar mais caprichadinho porque o Dr. Lemos vinha jantar. O Dr. Lemos era um sujeito muito mais cacete do que, por exemplo, um filme de Joselito. E o marido — que ultimamente a aborrecia (dizia sempre as mesmas coisas, contava as mesmas anedotas, entrara num ramerrão de amofinar beneditino) —, quando o Dr. Lemos estava presente, tornava-se um loquaz puxa-saco, o que a aborrecia mais ainda.

A mulher meditava sobre a grande chateação que, aos poucos — como a lenta neblina que acaba por envolver toda uma montanha —, se abatera sobre sua vida. Foi quando apanhou o jornal sobre a mesinha ao lado. De fato, apanhava-o mais para se abanar do que para ler e foi, portanto, por mera casualidade que deu com os olhos na entrevista com diversos médicos brasileiros. Opinavam um clínico, um ginecologista, um alergista e até um neuropsiquiatra.

As opiniões eram unânimes: todos concordavam com as declarações do cientista inglês e alguns chegavam a afirmar que a descoberta do Dr. Lawrence War não era novidade para eles. Realmente, muitas vezes, as doenças nervosas que um dos cônjuges adquire são causadas pelo outro cônjuge.

A mulher se interessou pela leitura: "O aumento da secreção de suco gástrico no estômago, devido à irritação, é a origem da doença nervosa que marido e mulher podem causar um ao outro se não tomarem férias conjugais." E o repórter dava explicações sobre os estudos feitos pelo médico inglês, que foram publicados na revista *Lancet* e — pelo curioso da matéria — vinham sendo discutidos pela imprensa do mundo ocidental.

Lembrou-se então de um livro que, sem nenhuma base científica, mas apenas fantasiosamente, defendia essa mesma tese: *O livro de uma sogra*, de Artur Azevedo. (Na verdade, o livro é de Aluísio de Azevedo, mas a mulher desta história

é um pouco fraca em literatura. Às vezes confunde Artur Azevedo com Aluísio, às vezes confunde Gilberto Amado com Jorge Amado e chegou à temeridade de certa vez confundir Dostoiévski com Gilberto Trompowsky. "Sim" — pensou ela: — "Marido, às vezes, é ótimo para úlcera!"

Ao notar que seu pensamento firmava-se do ponto de vista da úlcera, pois o certo seria pensar que marido é péssimo para úlcera, sentiu-se mais nervosa ainda. Meditou sobre o seu caso ainda algum tempo e, quando falou, mesmo estando sozinha na sala, falou alto:

— Vou tirar umas férias do Ludovico! — e acrescentou, com raiva: — Ele que se dane.

Quando o marido chegou já estava a valise arrumada e o firme propósito de não lhe dizer onde ia descansar. O coitado ficou meio tonto, quando ela explicou, mal-humorada, que ia tirar férias. Queria saber por quê.

— Por causa do suco gástrico.

— Quem é esse cara? — berrou Ludovico. E vocês perdoem Ludovico. Afinal, todo marido pensa logo que existe um cara, quando a mulher fala em se afastar dele, quer seja definitiva, quer seja temporariamente.

Ele ainda ponderou que ela poderia entrar em férias mais tarde, que ele mesmo iria escolher local, financiaria, mandaria uma acompanhante. Mas a mulher estava firme na teoria do Dr. Lawrence, cientista inglês que jamais suspeitará do caso que criou na vida de Ludovico — o marido chato.

Quando ela saiu, foi com ela até o elevador, deu-lhe um beijo murcho na face e, num desconsolo que mais a chateou, fez a recomendação:

— Meu bem, lembre-se de que você está de férias, hein? Não vá pegar nenhum biscate por aí.

Ao voltar para o apartamento já tinha outra aparência. Nem espiou na janela se a mulher entrara no táxi ou não. Foi direto ao telefone, discou um número e falou:

— Elisinha? Deu certo... É. Ela leu o jornal e tirou as férias. Juro por Deus... Saiu agorinha. Tá, neguinha. Te apanho às nove.

DA FELICIDADE NO LAR

Ontem Tia Zulmira foi para as margens do fogão, lá na sua cozinha na Boca do Mato. A chaminé do velho e aprazível casarão fumegou o gostoso cheiro dos temperos que a sábia macróbia — Prêmio Nobel de Refogado — andou botando na suculenta bacalhoada que preparou, em regozijo pela volta do País ao regime presidencialista. Era uma bacalhoada cívica. E quando Tia Zulmira prepara um bacalhau, até o rei da Noruega (cuja coroa tem como principal sustentáculo o referido peixe) fica com água na boca.

Depois do almoço, sentada na sua velha cadeira de balanço, a esclarecida parenta pôs-se a ler os jornais e a comentar o que lia aqui com o que ora batuca esta intimorata semiportátil. Uma das notícias falava sobre uma agência de casamentos recém-fundada no Rio. Isso de arranjar mulher para um marido ou um marido para uma mulher, pois agências matrimoniais não são como toalete de boate, que faz distinção de sexos, é coisa nova no Brasil. Na Europa, onde a solidão é uma constante, e nos Estados Unidos, onde o contingente de ingênuos é sempre maior, as agências matrimoniais são um bom negócio.

Tia Zulmira então começou a tecer considerações sobre as possibilidades desse ramo de negócios no Brasil. Citou até aquele caso ocorrido em Nova Iorque, da mulher que entrou numa agência de casamentos e disse que queria um marido que fosse sempre alegre, sempre atualizado, que soubesse cantar, dançar, ser gentil, que não fumasse, não jogasse, não saísse de casa e ficasse calado quando ela quisesse descansar. Consta que o agente matrimonial arregalou os olhos e respondeu à freguesa:

— Minha senhora, a senhora não quer um marido. A senhora quer um aparelho de televisão.

Eu achei muita graça no caso, mas Primo Altamirando (atualmente em fase de melancolia), afirmou que foi por causa de piadas assim que Bob Hope entrou pelo cano. Tia Zulmira, sempre muito distinta, fingiu que não ouviu e, como estivesse em maré de defender teses, propôs esta questão: um casal tem mais possibilidades de ser feliz quando casa através de um plano previamente elaborado e cuidadosamente estudado por agentes especializados, ou é mais feliz quando casa na raça?

— Qualquer que seja o caso, marido e mulher acabam enchendo — advertiu Mirinho.

Claro, o primo é derrubador, tem espírito derrotista, mas eu não posso negar ao ignóbil parente uma certa dose de razão. Não faz muito tempo, um cérebro eletrônico, através de complicadas operações, após uma mistura de centenas de dados sobre homens e mulheres casadoiros, escolheu o casal ideal. A dupla entrou na fria e casou. Uma semana depois, o marido bolacheava a mulher em público, para desespero dos técnicos que montaram o cérebro eletrônico e se esqueceram de elaborar um dispositivo para medir fidelidade.

Aliás, o marido bolacheador negou a infidelidade, embora os jornais tivessem publicado até o retrato do outro. O marido declarou à imprensa que tacara a mão nela porque ela falava demais.

Estou contando esses casos para provar que não existe a menor lógica nessas histórias de casamentos felizes ou infelizes. Pelo contrário até. As estatísticas provam que os casamentos muito cuidados acabam em besteira e certos casamentos realizados na base do abafa acabam com invejável acerto.

Li, não faz muito tempo, uma reportagem provando que, na corte de Londres, 90% dos pedidos de divórcio, no fundo, no fundo, eram causados por blablablá, isto é, o marido pedia divórcio porque a mulher falava demais.

Não sei pra que fui citar isto durante a conversa de ontem, lá no casarão da Boca do Mato. Mirinho me arrasou com fatos concretos. Explicou que tem um amigo que casou com uma muda.

— E foram felizes? — perguntou Tia Zulmira.

— Neca — negou o primo. — No fim de dois anos eles se separaram. O marido concordou em que a mulher não era faladeira. Mas separou-se porque ela gesticulava muito.

DECÁLOGO DO HOMEM SOLTEIRO

Mocinha estudante de jornalismo, praticando em revista feminina, dessas de entortar mentalidade de doméstica às margens da debilidade mental, telefona e pergunta se Primo Altamirando é solteiro.

Respondo que — num mundo como o de hoje — quando se faz tanta concessão no setor social, é difícil explicar o estado civil do abominável parente.

— Mas ele vive sozinho? — ela pergunta, com uma risadinha nervosa.

Digo que sim. O primo vive só, num edifício "treme-treme" que tem ali em Botafogo. Ela então pede que eu encomende a Mirinho um decálogo do solteiro, para ser publicado na revista.

Coitadinha da moça! Inexperiente, foi pedir uma coisa dessas. Mirinho aceitou o encargo, sentou-se frente à frente com a minha intimorata semiportátil e datilografou o decálogo abaixo, que a mocinha leu ruborizada e levou ao redator-chefe de sua revista feminina. O trabalho foi devolvido e a mocinha quase foi despedida.

Eu, que não tenho nada com isso, publico a coisa, por ser um bom documento da mentalidade hodierna. Eis:

1 — Nunca ficar mais de uma semana com a mesma mulher. É preferível uma semana de tranqüilidade do que duas semanas com a mesma mulher. Desde que ela seja casável, é lógico.

2 — Vinte e quatro horas de intimidade? Sim, mas nunca em sua própria casa (do solteiro, evidentemente). De preferência em hotéis, sob a desculpa de *week-end*, ainda que seja uma segunda-feira. Importantíssimo: não deixe que ela vista o seu pijama.

3 — Não aceite presentes que possam ser classificados como maternais.

4 — As desquitadas são menos perigosas no período imediato ao desquite. Mulheres desquitadas há mais de um ano podem começar a sofrer de nostalgia conjugal. Logo...

5 — Não deixe que mulher casável (solteira, viúva, desquitada, etc.) lhe seja útil noutros afazeres, principalmente os domésticos, tais como pregar botões, levar seu lenço e trazer lavado, colocar *band-aid* em pequenos ferimentos, pagar a conta do armazém, etc.

6 — Sempre que você se sentir saudoso de uma mulher... telefone para outra.

7 — Enquanto uma mulher não tiver pena de gastar o seu dinheiro, pode sair com ela sem susto. No dia em que ela disser: "Querido, em vez de irmos ao Sacha's, vamos comer um sanduíche por aí" — fim.

8 — Não namore prima. Em toda família há sempre uma velha metida a cupido para conspirar contra você. Lembre-se: primas, só as dos outros.

9 — Tenha sempre em casa um telefone dotado de fio bem longo. Sê você estiver só e a mulher da véspera telefonar com voz doce, dizendo "... de repente me lembrei de você..." e quiser saber se você está sozinho, minta: diga que tem gente às pampas em sua casa. E, enquanto falar com ela, vá fazendo sonoplastia: ligue a vitrola, bote gelo no copo e faça barulhinho de ti-lim-tim-tim junto ao fone, diga coisas para pseudoconvidados. Nunca, mas nunca mesmo, diga que está só. As mulheres do tipo de-repente-me-lembrei-de-você são perigosíssimas.

10 — O solteiro convicto deve cultuar o cinismo e jamais deixar que haja perda de substância em seu mau caráter. A diferença total entre uma solteira e um solteiro é que — em tese — a solteira só deve procurar solteiros e o solteiro só deve procurar casadas.

ERA A REGININHA

O marido — que era um santo marido, como todos os enganados — deixou o escritório mais cedo e passou no "Seu Morais" para comprar sorvete de gabiroba, uma das taras de sua mulher. A mulher tinha muitas, mas o marido pensava que a única tara dela fosse sorvete de gabiroba.

Então o marido chegou e foi entrando em casa sem assobiar, o que é um perigo. Todo marido enganado devia entrar em casa assobiando, para evitar certas coisas, mas os maridos enganados que ainda não sabem não assobiam, é lógico e — por isso mesmo — ele entrou sem assobiar.

Estava colocando o sorvete no freezer (a surpresa seria na hora do jantar) quando ouviu a voz da mulher lá dentro. Ela dissera qualquer coisa e depois dera uma gargalhada, dessas gargalhadas assanhadinhas que certas mulheres dão quando o marido não está perto. Ele estranhou aquilo e foi até o quarto, onde encontrou Leonor deitada na cama, seminua, falando ao telefone.

A mulher, quando viu o marido, ficou com um ar assim meio sobre o de quem achou mosca no pirão. Logo se recompôs de fisionomia, e se dizemos de fisionomia é porque o resto ficou à mostra. Foi o marido, pouco depois, que teve o cuidado de dobrar o lençol por cima dela, escondendo o principal. Antes, entretanto, ficou ali, parado na porta, sem entender direito, com aquele olhar ausente que crioulo faz quando vai andando pela rua com rádio transistor colado ao ouvido.

A mulher — dizia eu — recompôs-se com certa facilidade e continuou a falar no mesmo tom de voz:

— Mas, Regininha, essa anedota que você acabou de me contar é ótima!... — e riu de novo, mas já sem aquele leve tom sexy da primeira risadinha que ele ouvira lá da cozinha, de gabiroba na mão, isto é, com o sorvete aquele.

Tirou um lenço do bolso, limpou os dedos e veio sentar na beirinha da cama, enquanto a mulher dava-lhe um adeusinho e continuava a conversar pelo telefone:

— Pois é isso, Regininha... nós precisamos marcar um biriba para uma noite destas. Não, Regininha. O quê, Regininha? Tá bem, Regininha.

O marido pôs-se a sorrir de si mesmo. Por um momento suspeitara da pobre mulher. Não sabia explicar por quê. Apenas, quando ouvira a sua voz, sentiu um leve calafrio a percorrer sua espinha, desde a nuca até a ZM (Zona Morta). Talvez porque não fosse aquele o tom de voz que sua mulher usava para o trivial havia já muito tempo. Mas, agora, tudo se dissipava. Era a Regininha.

— Você leu o artigo de Jacinto de Thormes de ontem, Regininha? — continuava a mulher: — Divino, Regininha, simplesmente divino.

Foi nesse pedaço que ele a cobriu com o lençol.

— Então tá, Regininha. Ele vai bem. Acaba de chegar aqui. (TAPANDO O FONE.) — Está mandando um abraço para você. — OK, Regininha. Outro para você, Regininha.

E, ao desligar, antes que o marido abrisse a boca, tentou explicar o óbvio:

— Era a Regininha.

Deram-se um beijo mixuruca e o marido já ia para o banheiro, quando a campainha da porta tocou.

Era a Regininha.

TRÊS CASOS DE ASSALTO

Vou lhes contar três casos de assalto, como poderia contar trezentos casos de assalto, porque assalto é o que não falta, não é mesmo? Mas só vou contar três porque são de estilos bem diferentes e já servem para mostrar a variedade de assaltantes guanabarinos, onde — segundo Primo Altamirando — os marginais andam tão organizados que já nem chamam mais quadrilha de quadrilha. Chamam de equipe.

Caso 1

Ocorrido em Jacarepaguá, na residência de uma senhora rica. Três assaltantes entraram pela janela e esperavam encontrar a distinta sozinha, como vive, aliás. Estava, no entanto, em companhia de um ex-genro, que fora lá discutir detalhes do desquite que a filha da vítima pedira.

A pobre senhora foi encontrada amarrada numa cadeira, amordaçada mas sem qualquer ferimento. Em suas declarações à polícia, afirmou que, ao ser atacada, estava em companhia do ex-genro, que fugiu covardemente. Chamado para prestar declarações, o rapaz confirmou que, de fato, ao ver os assaltantes, fugira, deixando a velha entregue à própria sorte (ou ao próprio azar, se preferem). Irritado, o delegado perguntou:

— E o senhor não tem vergonha? Assaltam a senhora e o senhor fica calado?

— Mas eu não fiquei calado — respondeu o declarante. — Pelo contrário. Fui eu que disse pra eles: "Amarrem essa velha, que essa velha é fogo."

Caso 2

Os dois vinham ladeira abaixo, comendo suas goiabinhas:

— Você acha que o San Thiago terá êxito na sua missão?

— Acredito que sim... Você sabe, a boa vontade do Kennedy para com o Brasil é evidente.

— De fato... Mas, pelo que li nos jornais, são muitos os pedidos que o nosso ministro da Fazenda vai fazer. E essas coisas... não sei não... Geralmente o que é publicado não chega a ser a metade do que realmente se pleiteia.

— Talvez... mas o que estamos vendo é um sucesso diário nas nego...

(Nesta altura um crioulo pulou de trás de uma árvore com um 45 na mão, avisou que era um assalto e pediu as carteiras dos dois. Eles obedeceram e o crioulo saiu correndo, sumindo na primeira esquina. Os dois continuaram ladeira abaixo, comendo suas goiabinhas.)

— O que é que eu estava dizendo?

— Que as negociações têm sido um sucesso. — Ah, sim... Pois é isso. Até agora, pelo menos, não li nenhuma notícia sobre possíveis restrições de Washington às reivindicações brasileiras. Creio, por isso mesmo, que as negociações vão bem.

— É, você tem razão.

Caso 3

Debaixo do secador, no elegante salão de beleza, ela contava para as outras grã-finas o assalto de que fora vítima na véspera:

— Eu e Alfredo tínhamos acabado de sair do Country, depois do biriba... (Alfredo era o marido. Um magrinho, cheio da erva.)

"... íamos entrando no carro, quando o rapaz apareceu."

— Como era o rapaz? — quis saber uma outra grã-fina, a quem uma manicura esfregava freneticamente as unhas.

— Era alto, alourado, espadaúdo, sabe?... E tinha assim... um jeito assim displicente, sabe? Alfredo entregou-lhe todo o dinheiro, mas ele olhou pra mim e disse para eu entrar no carro que ele ia dar uma volta comigo.

— Que horror! — exclamou o afemininado que botava shampoo na cabeça da madame: — Nessas horas nunca aparece um guarda.

— Mas desta vez apareceu... eu já ia entrando no carro com o rapaz, quando apareceu um guarda. O rapaz conseguiu fugir e Alfredo estava explicando pro guarda o que tinha acontecido, quando eu aproveitei a confusão e dei-lhe uma tapona.

— Em Alfredo???

— Não. No guarda.

POR VÁRIOS MOTIVOS PRINCIPAIS

Durante uma recepção elegante, a flor dos Ponte Pretas estava a mastigar o excelente jantar, quando uma senhora que me fora apresentada pouco antes diz que adorou meus livros e que está ávida de ler o próximo.

— Como vai se chamar?

Fiquei meio chateado de revelar o nome do próximo livro. Ela podia me interpretar mal. Como ela insistisse, porém, eu disse:

— *Vaca, porém honesta.*[1]

Madame deu um sorriso amarelo mas acabou concordando que o nome era muito engraçado, muito original. Depois — confessando-se sempre leitora implacável, dessas que sabem até de cor o que a gente escreve —, madame pediu para que não deixássemos de incluir aquela crônica do afogado.

— Qual? — perguntei.

— Aquela do camarada que ia se afogando, aí os carros foram parando na praia de Botafogo para ver se salvavam o

[1] O título, mais tarde, foi trocado, porque a vaca protestou.

homem. Depois um carro bateu no outro, houve confusão e até hoje ninguém sabe se o afogado morreu ou salvou-se. Lembra-se? Aquela é uma de suas melhores crônicas.

Foi então que eu contei pra ela o caso do colecionador de partituras famosas, que um dia foi a um editor de música procurando o original de certa sonata que fora composta por Haydn e Schumann juntos. O editor ficou olhando para ele e o colecionador esclareceu:

— Sei que essa partitura é raríssima, mas eu pagaria qualquer preço por ela.

— Vai ser um pouco difícil — disse o editor — conseguir uma partitura composta por Haydn e Schumann juntos, por vários motivos. Primeiro: quando Schumann nasceu, Haydn tinha morrido no ano anterior.

A leitora que se lembra de tudo que eu escrevi estranhou e perguntou:

— Por que me contou essa história?

— Porque lembra a história que estamos vivendo agora. A crônica sobre o afogado que a senhora diz ser uma das minhas melhores crônicas... quem escreveu foi Fernando Sabino.

Ela achou engraçadíssimo. Papai agrada em festa.

A MUDANÇA

A experiência ensina que, depois de tudo pronto — livros encaixotados, roupas emaladas, móveis despachados e demais providências —, é que começa, de fato, a arrumação para a mudança. Disso sabíamos nós, e nos esforçávamos para fugir à regra, fazendo tudo na mais perfeita ordem, com um notável espírito de equipe, a fim de garantir maior rendimento e rapidez nos trabalhos.

Foi tudo em vão, porém. Duvido que consiga alguém escapar às estranhas artes desse pequeno demônio que freqüenta as nossas casas na hora de uma mudança.

Já respirávamos profundamente, cansados mas felizes, prontos para um merecido repouso, com as consciências tranqüilas pela missão cumprida, quando alguém olhou para as paredes e anunciou com espanto:

— Os quadros! Esquecemos os quadros!

Era verdade. Lá estavam eles, pendurados, à espera de nossas providências. Foi como recomeçar tudo outra vez. Abriram-se malas, na esperança de encontrar-se uma vaguinha que afinal não havia. Pelo contrário até, uma das malas, apesar de nada mais ter sido colocado dentro dela, não quis fechar. Foi preciso retirar o pacote de discos, para que a tampa voltasse a ficar devidamente encaixada.

O melhor era desistir das malas. Lembrei-me de que um dos caixotes não ficara de todo cheio. Aos caixotes, pois. E foi uma trabalheira para despregar tudo outra vez. Ainda mais porque, quis o destino, que fosse o último a ser aberto aquele que tinha lugar para os quadros.

Antes de recomeçarmos as marteladas, decidi: o melhor era dar uma busca em todos os aposentos, para ver se não faltava nada.

A busca foi minuciosa e fértil em achados. Tinham sobrado objetos os mais variados, inclusive um relógio de parede que constituiria um problema insolúvel, caso o homem do guarda-móveis já tivesse partido. Felizmente ele ainda estava ali e, apresentado ao relógio, abraçou-o carinhosamente e partiu rumo às escadas, prometendo mandar mais um caixote para guardar o mundo de coisas esquecidas.

E agora? Estaria mesmo terminada a mudança ou ainda faltaria alguma coisa? Ninguém se animava a verificar. Sentados cada um numa mala, todos ofegavam o seu cansaço particular, olhando uns para os outros, o que somente servia para aumentar o cansaço geral.

Foi quando a voz da copeira partiu lá da cozinha, anunciando:

— Chi! O canarinho!

Realmente, faltava o canarinho, mas como a minha intenção era — de há muito — soltá-lo, ordenei:

— Jogue o canário fora.

— No lixo, doutor?

— No lixo não, é claro. Abra a gaiola e deixe que ele saia.

Depois eu mesmo resolvi fazer a operação. Fui até a cozinha, apanhei a gaiola e voltei com ela para a varanda. O canarinho debatia-se contra as grades, sem entender que estava prestes a ganhar a liberdade. E foi abrir a porta e ele partir como um raio, rumo ao morro.

Jogo a gaiola no chão e fico debruçado no parapeito. Vou sentir falta desta varanda. Não é larga nem comprida, mas tem uma brisa honesta e proporciona uma fatia de morro das mais generosas. A moça do 302 começa a tocar (se é que se pode chamar isto de tocar) uma valsinha que Chopin não fez. Graças a Deus vou me livrar para sempre desses horríveis exercícios de piano. Estou a pensar nestas coisas, quando o menino do 202 grita pela janela:

— Cala a boca, "Cata Milho"!

Isso é o bastante para a moça do 302 começar a "Cumparsita". Todas as vezes que o garoto do andar de baixo mexe com ela, para se vingar, ela ataca o tango pelo lado errado, castigando 12 andares e 24 condôminos.

Finalmente todos saem e preparo-me para trancar a porta, quando a empregada vem correndo:

— Doutor, o senhor ia esquecendo o busto da sua avó.

Isso, dito assim, soa como desaforo. Mas o que ela traz na mão é a pequena estatueta onde estão esculpidos uma cara magra, uns olhos tristes e longos cabelos caídos sobre os ombros. Era o derradeiro objeto esquecido e ordeno-lhe que meta-o no saco da roupa suja, onde ainda há espaço suficiente.

Confesso que não é o lugar ideal e concordo que parece falta de respeito. Na verdade, porém, não se trata disso, como também não se trata de Vovó. O que a empregada está metendo no saco é apenas um busto de Voltaire.

Em seguida, ela fecha o saco, eu fecho a porta e está terminada a mudança.

O CEGUINHO

No duro mesmo só existiriam dois tipos de cegos: o de nascença e o que ficou cego em vida. Mas, como diz Primo Altamirando, contrariando a chamada voz popular, Deus põe e o homem dispõe. Assim, há um terceiro tipo de cego que nenhum oftalmologista, seja qual for a amplitude de seus conhecimentos oftalmológicos, jamais poderá curar: o cego por necessidade.

E que o leitor mais apressado pouquinha coisa não pense que estou me referindo àquele tipo de camarada que se encaixa perfeitamente no dito "o pior cego é o que não quer ver", porque este é cego por metáfora, enquanto que o terceiro tipo de cego, isto é, o cego por necessidade, é considerado por todos como cego no duro, às vezes com carteirinha de cego e tudo.

Seu Júlio, que hoje é lavador de automóveis (e entre os automóveis que lava, lava o meu), já foi cego por necessidade. Começou sua carreira na porta da Igreja de Nosso Senhor do Bonfim (agora Matriz de Nossa Senhora de Copacabana). Seu Júlio, artista consciencioso, era um cego perfeito e ganhava esmola às pampas.

— E o senhor sempre trabalhou como cego, seu Júlio?

— Não senhor. Eu comecei perneta, sim senhor.

— Perneta?

— Usava perna de pau. Quem me ensinou foi um cigano meu amigo. A gente botando uma calça larga o truque é fácil de fazer.

Mas, como perneta, seu Júlio um dia teve uma contrariedade. Apareceu pela aí um chefe de polícia com intenções de endireitar o Brasil e foi chato. Organizou uma campanha de perseguição à mendicância e seu Júlio entrou bem. Quando o carro da polícia, mais conhecido na linguagem policial como viatura, parou na porta da igreja, mendigo que podia se pirou, mas seu Júlio não pôde correr de calça larga e perna de pau, que a tanta perfeição não chegaram os engodos do cigano. Seu Júlio foi em cana.

— E quando saiu das grades?

— Virei cego por necessidade. Treinei uns dois meses em casa, passando dia e noite com uma venda nos olhos. Fiquei bárbaro em trejeito de cego. A pessoa podia fazer o maior barulho do meu lado, que eu nem me virava pra ver o que tinha acontecido. Fiquei um cego tão legal que um dia houve um desastre bem em frente à igreja. Um carro bateu num caminhão da cervejaria Brahma e caiu garrafa pra todo lado. Foi um barulho infernal. Pois eu fiquei impávido. Nem me mexi.

Quando seu Júlio me contou esta passagem, notei o orgulho estampado em seu semblante. Era como um velho ator a contar, numa entrevista, a noite em que a platéia interrompeu seu trabalho com aplausos consagradores em cena aberta. Era como um veterano craque de futebol a

descrever para os netos o gol espetacular que fizera e que deu às suas cores o campeonato daquele ano.

— Como cego o senhor nunca foi em cana, seu Júlio?

— Nunquinha. Sabe como é... Cego vê longe. Mal surgia um polícia suspeito eu me mandava a 120.

— E por que abandonou a carreira de cego ?

— Concorrência desleal.

E explica que, no tempo dele, não havia essa coisa de alugar criança subnutrida para pedir esmola. Depois que apareceram as mães de araque, o cego tornou-se quase obsoleto no setor da mendicância. A polícia também, hoje em dia, é praticamente omissa.

— E sendo a polícia omissa, dá muito mais mendigo à saída da missa — diz seu Júlio, sem evitar o encabulamento pelo trocadilho infame.

Toda essa desorganização administrativa levou-o a abandonar a carreira de cego por necessidade.

Nos países subdesenvolvidos a mendicância é uma miséria. Seu Júlio que o diga. Era um cego dos melhores, mas largou a carreira na certeza de que, mais dia menos dia, vai ter muito mais gente pedindo do que dando esmola.

O MISTÉRIO DA CASA MAL-ASSOMBRADA

"À noite, o espectro vagava pela solidão" — isto, dito assim, parece Shakespeare, mas não é. Trata-se do trecho de um dos contos de assombração que Tia Zulmira escreveu recentemente. Aliás, a sábia macróbia da Boca do Mato tem um talento que às vezes se confunde um pouco com o do autor de *Hamlet*. Não é o caso, porém, quando se trata dos referidos contos mal-assombrados que a velha deu para fazer agora. Para que vocês tenham uma idéia, este seu sobrinho e difusor transcreve abaixo um deles:

"O casal mudara-se para aquela casa velha havia dois meses e nunca soubera antes que a casa tivesse fama de mal-assombrada. Se soubesse, talvez não tivesse alugado o imóvel, mesmo porque o casal não era inglês, que é tarado por fantasma. Na Inglaterra, um castelo mal-assombrado é sempre alugado mais caro, porque lá é 'bem' o chamado contato social com espectros. A casa de que falo, no entanto, era em Brás de Pina, onde fantasma tem menos cartaz que o time do Canto do Rio.

Mas — dizia — talvez os novos inquilinos não tivessem alugado o imóvel. Não que o casal acreditasse nessa besteira de assombração; tanto o distinto como a esposa (que ele, no mau gosto inerente à plebe ignara, chamava de 'minha patroa') eram pessoas de certa idade. Sabem como é: depois de várias baianadas da vida, algumas pessoas já não acreditam em azar e chutam despacho com farofa amarela, galo preto e charuto barato com a mesma displicência de um jogador de futebol batendo bola antes do treino.

Mas havia a filha, mocinha de 20 anos, muito nervosa e que, quando soube que a casa tinha fama de abrigar figurinhas fantasmais, ficou mais nervosa ainda. Os pais não sabiam que havia fantasma em Brás de Pina, porque quem já morou em Brás de Pina nunca mais quer voltar e, muito menos, depois que já morreu. Vai daí, foram morar na casa.

Já viviam ali há uns dois meses quando, uma tarde, a mocinha voltava da fila do leite, onde aguardara, durante quatro deliciosas horas, a sua vez de comprar um litro, e — no caminho — encontrou a vizinha. A vizinha era mais fofoqueira que mãe-de-vedete-argentina-do-teatro-rebolado. Mal começou a conversar com a mocinha nervosa, perguntou se os fantasmas apareciam muito ultimamente:

— Que fantasmas???!!! — perguntou a mocinha, já apavorada.

Aí a vizinha explicou a fama da casa, explicou que ali costumavam aparecer almas penadas pelos corredores, depois de meia-noite, e havia mesmo uma assombração que era famosa, pois aparecia com uma regularidade de cobrador da Light (mesmo em época de racionamento).

Está na cara que a mocinha nervosa entrou em casa tremendo às pampas. Inclusive, diga-se, a mocinha era dessas nada desprezíveis. Pelo contrário, era assim o número que a gente calça; tamanho universal, muito mais pra boa do que pra intelectual. Por isso que as pernas que tremiam eram até muito bem torneadas. Quando ela entrou foi aquele escarcéu. Choradeira, tomada de calmante, os pais dizendo que aquilo era bobagem, etc.

O fato é que, daquele dia em diante, toda noite os moradores ouviam estranhos ruídos e até o velho, que era cético de doer, começou a acreditar mesmo que a casa era visitada por uma assombração. A mocinha, no entanto, embora reclamasse muito da onda noturna, estava cada vez mais viçosa. Deixou de ser nervosa e havia em seus reclamos uma certa falta de convicção.

Um dia, o velho, pela manhã, encontrou uma ponta de cigarro no corredor; como ele não fumasse (nem fantasma fuma), desconfiou de que ali havia lingüiça por debaixo do feijão. De noite ficou na sala, escondido atrás de uma cortina, espiando. Pouco depois entrava na casa a assombração. Era um sargento da aeronáutica."

OH, OS POÉTICOS ENDEREÇOS!

Lá está a administração pública às voltas com os nomes das ruas outra vez. De vez em quando acontece isso. As inúmeras injustiças com homens ilustres, cujos nomes figuram nas placas de ruelas tristes do subúrbio, em contraste com nomes de cocorocas famosos, em placas de vistosas avenidas, dão remorso nos administradores e eles tentam endireitar a coisa, remendando uma injustiça aqui, remediando outra injustiça acolá, mas sem nunca safar-a-onça em definitivo.

Segundo minha Tia Zulmira, senhora de vasta experiência e comprovado saber, quem estraga nome de rua é puxa-saco. Se deixarem a cargo dos "puxas" a nomenclatura das ruas, dá em besteira. Começam a surgir as "Avenida Marechal Fulano", "Rua Almirante Beltrano", "Travessa Dr. Secretário de Segurança", "Praça Presidente da República" e até "Ladeira Ministro da Saúde". Se deixarem por conta dos bajuladores, acaba acontecendo como naquela peça de Millôr Fernandes, na qual a personagem principal morava na "Rua Almirante General Brigadeiro".

Noutro dia, o coleguinha cronista Manuel Bandeira abordou o assunto, mas com a delicadeza dos poetas, dizendo que era uma autêntica baianada deixarem o nome de Castro Alves figurar numa ruazinha esburacada da zona rural, enquanto nomes inexpressivos figuravam em ruas importantes. Manuel Bandeira não disse, mas exemplo é que não falta. Está aí mesmo a Avenida Ataulfo de Paiva, que é a principal artéria do Leblon, quando, em vida, Ataulfo de Paiva nunca foi principal em coisa nenhuma.

Há também o caso, citado pelo governador, da tradicional Rua das Marrecas (nome bacaninha este, não? Rua das Marrecas), que foi substituído por Rua Juan Pablo Duarte, para puxar saco do Generalíssimo Trujillo, cuja filha casara-se (temporariamente — diga-se a bem da verdade) com um brasileiro. *El señor Duarte* foi o proclamador da independência de São Domingos, independência esta que o próprio Trujillo depois esbodegou.

O papai aqui não é governador, mas pode citar outros casos lamentáveis, como o daquela avenida que circunda as praias de Ipanema e Leblon. Por que muda ela de nome no meio, deixando de ser Delfim Moreira para ser Vieira Souto (ou vice-versa)? Afinal, Delfim Moreira foi um dos nomes mais respeitáveis da República, o que não lhe bastou para merecer a glória de uma avenida inteira. Teve de rachá-la com Vieira Souto, enquanto calhordas dos mais variados matizes são nome de mais de um logradouro, para atrapalhar o nosso já atrapalhado Correio na entrega de correspondência.

Uma das propostas da administração para acabar com isso tudo — para o que já há uma comissão de estudos — é fazer voltar às ruas seus nomes antigos, sempre mais bonitos: "Rua Caminho do Mar", "Rua das Belas Noites", "Rua das Laranjeiras", "Rua Fonte da Saudade" (esta última, por sinal, um dia foi vítima dos puxa-sacos e rebatizaram-na com o nome de Rua General Álcio Souto. Houve reclamação de todo lado e consta que foi o próprio general-rua que pediu à Prefeitura para que o livrasse da honra, pois viviam telefonando para sua casa, chateando-o com essa história, como se fosse ele o culpado pela mancada municipal).

Voltando à minha já citada Tia Zulmira, ela acha que a proposta do governador para retomarem os nomes antigos é bastante razoável, assim como o empenho em desfazer certas injustiças, pois nunca é tarde para essas coisas. Mas diz que a experiência ensinou que não adianta. Mais tarde aparecerão novos puxa-sacos, para bagunçar o coreto outra vez.

A veneranda senhora — sempre romântica, e sempre muito prática também — acredita que o ideal seria desmanchar tudo e começar outra vez. Já que o Rio de Janeiro virou cidade balneária, embelezemos tudo, riscando definitivamente essa história das ruas terem nomes de bacano. Que as ruas do Rio passem a ter só nome de flor e de passarinho.

Grande idéia, hein, irmãos? Grande idéia. Só nome de passarinho e de flores, os mais delicados passarinhos e as mais belas e perfumadas flores. Que beleza que ficava, um camarada encontrando com outro e dizendo:

— Vai lá em casa um dia destes. É na Avenida das Rosas, esquina de Rua Beija-Flor!

MEDIDAS, NO ESPAÇO E NO TEMPO

A medida, no espaço e no tempo, varia de acordo com as circunstâncias. E nisso vai o temperamento de cada um, o ofício, o ambiente em que vive. Os ambiciosos, de longa data, vêm medindo tudo na base do dinheiro, pouco se importando com a existência do relógio, do sistema métrico e do calendário. Mas não é precisamente a esses que quero me referir, mas aos outros, que medem de maneira mais prática e mais de acordo com os seus interesses, usando como padrão de medida as mais variadas coisas.

Nossa falecida avó media na base do novelo. Pobre que era, aceitava encomendas de crochê e disso tirava o seu sustento. Muitas vezes ouvimo-la dizer:

— Hoje estou um pouco cansada. Só vou trabalhar três novelos.

Nós todos sabíamos que ela levava uma média de duas horas para tecer cada um dos rolos de lã. Por isso, ninguém estranhava quando dizia que queria jantar dali a meio novelo. Era só fazer a conversão em horas e botar a comida na mesa sessenta minutos depois.

Também os poetas têm-se servido dessas estranhas medidas para as suas imagens e eu já li, certa vez, não me lembro quando nem em que poema, uma referência aos lenços que certa moça teria chorado pelo mais puro dos sentimentos — a saudade.

"Fulana chorou muitos lenços" — dizia o verso, e eu achei isso muito lindo. Muito mais lindo, por exemplo, do que fulana "debulhada em lágrimas", expressão vulgar, autêntico lugar-comum das imagens literárias.

Os índios, por sua vez, marcavam o tempo pela lua. Isso é ponto pacífico, embora, há alguns anos, por distração, eu tenha assistido a um desses terríveis filmes de Carnaval do Oscarito, em que apareciam diversos índios, alguns dos quais com relógio de pulso. Isso aconteceu porque eram índios de fita brasileira. O cinema americano seria incapaz de dar uma mancada dessas. Lá, eles são muito organizados nessa coisa de "cor local". Fazem questão de dar um máximo de autenticidade às suas histórias. Por isso, pegam um camarada qualquer, despem-no e pintam com iodo. Depois botam uma peninha na sua cabeça e fazem o "artista" ir para a frente da câmara e dizer:

— Nós daqui duas luas atacar caravana homens cara pálida.

E pronto, está feito mais um emocionante filme sobre a colonização dos Estados Unidos.

Sim, os índios medem o tempo pelas luas, os ricos medem o valor dos semelhantes pelo dinheiro, vovó media as horas pelos seus novelos e todos nós, em maior ou menor escala, medimos distâncias e dias com aquilo que melhor nos convier.

Agora mesmo houve qualquer coisa com a Light e a luz faltou. Para a maioria, a escuridão durou duas horas; para Raul, não. Ele, que se prepara para um exame, tem que aproveitar todas as horas de folga para estudar. E acaba de vir lá de dentro, com os olhos vermelhos do esforço, a reclamar:

— Puxa! Estudei uma vela inteirinha.

E assim vamos todos nós. Tenho um irmão que passou uns tempos na Europa e de lá mandou uma carta onde informava: "Creio que passarei ainda uns vinte contos aqui."

Comigo mesmo aconteceu recorrer a tais medidas, que quase sempre medem melhor ou, pelo menos, dão uma idéia mais aproximada daquilo que queremos dizer. Foi noutro dia quando certa senhora, outrora tão linda e hoje tão gorda, me deu um prolongado olhar de convite ao pecado. Fingi não perceber, mas pensei:

"Há uns 15 quilos atrás, eu teria me perdido."

A IGNORÂNCIA AO ALCANCE DE TODOS

Todo dito popular funciona e ficaria o dito pelo não dito se os ditos ditos não funcionassem, dito o que, acrescento que há um dito que não funciona ou, melhor dito, é um dito que funciona em parte, uma vez que, no setor da ignorância, o dito falha, talvez para confirmar outro velho dito: o do não-há-regra-sem-exceção. Digo melhor: o dito mal-de-muitos-consolo-é encerra muita verdade, mas falha quando notamos que ignorância é o que não falta pela aí e, no entanto, ninguém gosta de confessar sua ignorância. Logo, pelo menos aí, o dito dito falha.

Tenho experiência pessoal quanto à má vontade do próximo para com a própria ignorância, má vontade esta confirmada diversas vezes em poucos minutos, graças a uma historinha vivida ao lado do escritor Álvaro Moreira, num dia em que fomos almoçar juntos, na cidade.

Já não me lembro qual o motivo do almoço. Lembro-me, isto sim, que íamos caminhando, quando Alvinho disse, em voz alta:

— Leônio Xanás.

— O quê? — perguntei, e Alvinho explicou que Leônio Xanás era o nome do pintor que estava pintando seu apartamento. Até me mostrou um cartãozinho, escrito "Leônio Xanás — Pinturas em Geral — Peça orçamento".

— Hoje acordei com o nome dele na cabeça. A toda hora digo Leônio Xanás — contava o escritor. — Ainda agorinha, ao entrar no lotação, disse alto "Leônio Xanás" e levei um susto, quando o motorista respondeu: "Passa perto." Ele pensou que eu estava perguntando por determinada rua e foi logo dizendo que passa perto, sem, ao menos, saber que rua era.

Foi aí que nos nasceu a vontade de experimentar a sinceridade do próximo e nos nasceu a certeza de que ninguém gosta de confessar-se ignorante mesmo em relação às coisas mais corriqueiras. Entramos numa farmácia para comprar Alka Seltzer (pretendíamos tomar vinho no almoço) e Alvinho experimentou de novo, perguntando ao farmacêutico:

— Tem Leônio Xanás?

— Estamos em falta — foi a resposta.

Saímos da farmácia e fomos ao prédio onde tem escritório o editor do Alvinho. No elevador, nova experiência. Desta vez quem perguntou fui eu, dirigindo-me ao cabineiro do elevador:

— Em que andar é o consultório do Dr. Leônio Xanás?

— Ele é médico de quê?

— Das vias urinárias — apressou-se a mentir o amigo, ante a minha titubeada.

— Então é no sexto andar — garantiu o cara do elevador, sem o menor remorso. E se não tivéssemos saltado no quinto andar por conta própria, teria nos deixado no sexto, a procurar um consultório que não existe.

E assim foi a coisa. Ninguém foi capaz de dizer que não conhecia nenhum Leônio Xanás ou que não sabia o que era Leônio Xanás. Nem mesmo a gerente de uma loja de roupas, que — geralmente — são senhoras de comprovada gentileza. Entramos num elegante magazine do centro da cidade para comprar um lenço de seda para presente. Vimos vários, todos bacanérrimos, mas — para continuar a pesquisa — indagamos da vendedora:

— Não tem nenhum da marca Leônio Xanás?

A mocinha pediu que esperássemos um momento, foi até lá dentro e voltou com a prestativa senhora-gerente. Esta sorriu e quis saber qual era mesmo a marca:

— Leônio Xanás — repeti, com esta impressionante cara-de-pau que Deus me deu.

Madame voltou a sorrir e respondeu:

— Tínhamos, sim senhor. Mas acabou. Estamos esperando nova remessa.

Foi uma pena não ter. Compramos de outra marca qualquer e fomos almoçar. Foi um almoço simpático com o velho amigo. Lembro-me que, na hora do vinho, quando o garçom trouxe a carta, Alvinho deu uma olhadela e disse, em tom resoluto:

— Queremos uma garrafa de Leônio Xanás tinto.

O garçom fez uma mesura:

— O senhor vai me perdoar, doutor. Mas eu não aconselho esse vinho.

Devia ser uma questão de safra, daí aconselhar outro:

— O Ferreirinha não serve?

Servia.

É, irmãos, mal de muitos consolo é, mas ignorante, que existe às pampas, ninguém quer ser.

LATRICÉRIO
(Com o perdão da palavra)

Tinha um linguajar difícil, o Latricério. Já de nome era ruinzinho, que Latricério não é lá nomenclatura muito desejada. E era aí que começavam os seus erros.

Foi porteiro lá do prédio durante muito tempo. Era prestativo e bom sujeito, mas sempre com o grave defeito de

pensar que sabia e entendia de tudo. Aliás, acabou despedido por isso mesmo. Um dia enguiçou a descarga do vaso sanitário de um apartamento e ele achou que sabia endireitar. O síndico do prédio já ia chamar um bombeiro, quando Latricério apareceu dizendo que deixassem por sua conta. Dizem que o dono do banheiro protestou, na lembrança talvez de outros malfadados consertos feitos pelo serviçal porteiro. Mas o síndico acalmou-o com esta desculpa excelente:

— Deixe ele consertar, afinal são quase xarás e lá se entendem.

Dono da permissão, o nosso amigo — até hoje ninguém sabe explicar por quê — fez um rápido exame no aparelho em pane e desceu aos fundos do edifício, avisando antes que o defeito era "nos cano de orige".

Lá embaixo, começou a mexer na caixa do gás e, às tantas, quase provoca uma tremenda explosão. Passado o susto e a certeza de mais esse desserviço, a paciência do síndico atingiu o seu limite máximo e o porteiro foi despedido.

Latricério arrumou sua trouxa e partiu para nunca mais, deixando tristezas para duas pessoas: para a empregada do 801, que era sua namorada, e para mim, que via nele uma grande personagem.

Lembro-me que, mesmo tendo sido, por diversas vezes, vítima de suas habilidades, lamentei o ocorrido, dando todo o meu apoio ao Latricério e afirmando-lhe que fora precipitação do síndico. Na hora da despedida, passei-lhe às mãos uma estampa do *American Bank Note* no valor de 500 cruzeiros, oferecendo ainda, como prêmio de consolação, uma horrenda gravata, cheia de coqueiros dourados, virgem de uso, pois nela não tocara desde o meu aniversário, dia em que o Bill — o americano do 602 — a trouxera como lembrança da data.

Mas, como ficou dito acima, Latricério tinha um linguajar difícil, e é preciso explicar por quê. Falava tudo errado, misturando palavras, trocando-lhes o sentido e empregando os mais estranhos termos para definir as coisas mais elementares. Afora as expressões atribuídas a todos os "malfalantes", como "compromisso de cafiaspirina", "vento encarnado", "libras estrelinhas", etc., tinha erros só seus.

No dia em que estiveram lá no prédio, por exemplo, uns avaliadores da firma a quem o proprietário ia hipotecar o imóvel, o porteiro, depois de acompanhá-los na vistoria, veio contar a novidade:

— Magine doutor! Eles viero avaliá as impoteca!

É claro que, no princípio, não foi fácil compreender as coisas que ele dizia, mas, com o tempo, acabei me acostumando. Por isso não estranhei quando os ladrões entraram no apartamento de Dona Vera, então sob sua guarda, e ele veio me dizer, intrigado:

— Não com prendo como eles entraro. Pois as portas tava tudo "aritmeticamente" fechadas.

Tentar emendar-lhe os erros era em pura perda. O melhor era deixar como estava. Com sua maneira de falar, afinal, conseguira tornar-se uma das figuras mais populares do quarteirão e eu, longe de corrigir-lhe as besteiras, às vezes falava como ele até, para melhor me fazer entender.

Foi assim no dia em que, com a devida licença do proprietário, mandei derrubar uma parede e inaugurei uma nova janela, com jardineira por fora, onde pretendia plantar uns gerânios. Estava eu a admirar a obra, quando surgiu o Latricério para louvá-la.

— Ainda não está completa — disse eu. — Falta colocar umas persianas pelo lado de fora.

Ele deu logo o seu palpite:

— Não adianta, doutor. Aí bate muito sol e vai morrê tudo.

Percebi que jamais soubera o que vinha a ser persiana e tratei de explicar à sua moda:

— Não diga tolice, persiana é um negócio parecido com venezuela.

— Ah, bem, venezuela — repetiu.

E acrescentou:

— Pensei que fosse "arguma pranta".

CARTÃOZINHO DE NATAL

Até que eu não sou de reclamar, puxa! Taí, se há alguém que não é de reclamar, sou eu. Pago sempre e não bufo. Claro que procuro me defender da melhor maneira possível, isto é, chateando o patrão, cobrando cada vez mais, buscando o impossível — como diz Tia Zulmira —, ou seja, equilíbrio orçamentário. Se o Banco do Brasil não tem equilíbrio orçamentário, eu é que vou ter, é ou não é?

Mas a gente luta. Eu ganho cada vez mais e nem por isso deixo de terminar sempre o mês que nem time de Zezé Moreira: 0 x 0. Segundo cálculos da tia acima citada, que é bárbara para assuntos econômicos, eu sou um dos homens mais ricos do Brasil, pois consigo chegar ao fim do mês sem dever. Esta afirmativa não me agrada nada, mas dá uma pequena amostra de como vai mal a organização administrativa do nosso querido Brasil.

Aliás, minto... o cronista pede desculpas, mas estava mentindo. Eu vou no empate até dezembro, porque, quando chega o Natal, é fogo. Aí embaralha tudo. Não há tatu que resista os compromissos natalinos. São as Festas — dizem.

Os presentes das crianças, a ganância do comerciante, as gentilezas obrigatórias, os orçamentos inglórios, a luta do consumidor, a malandragem do fornecedor e olhe nós todos envolvidos nesse bumba-meu-boi dos presentinhos.

E que fossem só os presentinhos. A gente selecionava, largava uma lembrancinha nas mãos dos amigos com o clássico letreiro "você não repare, que é presente de pobre", e ia maneirando. Mas tem as listas, tem os cartõezinhos.

O que me chateia são as listas e os cartõezinhos. A gente passa o mês todo comprando coisas pros outros sem a menor esperança de que os outros estejam comprando coisas pra gente. De repente, quando o retrato do falecido Almirante Pedro Álvares Cabral, que, no caminho para as Índias, ao evitar as calmarias, etc., etc. já é mais raro no bolso dos coitados do que deputado em Brasília, vem um de lista.

O de lista é sempre meio encabulado. Empurra a lista assim na nossa frente e diz:

— O pessoal todo assinou. Fica chato se você não assinar.

Então a gente dá uma olhada. A lista abre com uma quantia polpuda — quase sempre fictícia — que é pra animar o sangrado. E tem a lista dos contínuos, tem a lista dos porteiros, tem a lista dos faxineiros, tem a lista das telefonistas, tem a lista do raio que te parta.

A gente assina a lista meio humilhado, porque, no máximo, pode contribuir com duzentas pratas, onde está estampada a figura de Pedro I, que às margens do Ipiranga, desembainhando a espada, etc., etc. e pensa que está livre, embora outras listas estejam de tocaia, esperando a gente.

Então tá. Há um momento em que os presentinhos já estão todos comprados, as listas já estão todas assinadas e você já está com mais ponto perdido na tabela do que o time do Taubaté. Deve pra cachorro, mas vai dever mais.

Vai dever mais porque faltam os cartõezinhos de apelação. A campainha toca, você abre para saber quem está batendo e é o lixeiro. Ele não diz nada. Entrega um envelopezinho, a gente abre e lá está o versinho: "Mil votos de Boas Festas/ Seja feliz o ano inteiro/ É o que ora lhe deseja/ O vosso humilde lixeiro."

E o vosso humilde lixeiro espalma sorridente a estira que a gente larga na mão dele. Meia hora depois a campainha toca. Desta vez — quem sabe? — é uma cesta de Natal que um bacano teve a boa idéia de enviar. Mas qual. É o carteiro, fardado e meio sem jeito, que passa outro cartãozinho de apelação. A gente abre o envelope e lá está: "Trazendo a correspondência/ Faça frio ou calor/ Vosso carteiro modesto/ Prossegue no seu labor/ Mas a cartinha que trás/ Nesta oportunidade/ É pra desejar Boas Festas/ E muita felecidade."

Mas este ano eu aprendi, irmãos! Em 1963 vou comprar diversas folhas de papel (tamanho ofício) e organizar várias listas para as criancinhas pobres aqui de casa. Quando o cara vier com a dele, eu neutralizo a jogada com a minha. O máximo que pode acontecer é ele assinar 500 na minha e eu assinar 500 na dele... ficando a terceira da melhor de três para disputar mais tarde.

Também vou mandar prensar uns cartõezinhos. Quando o vosso humilde lixeiro ou o vosso carteiro modesto entregar o envelopinho, eu entrego outro a ele, para que leia: "No Inferno das notícias/ Mas com expressão seráfica/ Eu batuco o ano inteiro/ A máquina datilográfica/ Pro ano que vai entrar/ Não me sinto otimista/ Mesmo assim, felicidades/ Lhe deseja este cronista."

Conforme diz Tia Zulmira: "Malandro prevenido dorme de botina."

ATENDENDO A PEDIDOS

Deitado numa cadeira dessas de espichar preguiça, com um radiozinho, desses que a plebe ignara chama "rabo quente", de um lado, e um copo de uísque nacional do outro lado, o cronista — em Petrópolis — descansa um pouco das badalações cosmopolitas. Não pensem que o detalhe do uísque nacional é economia. Não: trata-se apenas de coerência. Grande parte do uísque que vendem pela aí como escocês é mesmo engarrafada em Nova Iguaçu, cidade que não fica na Escócia, mas na fronteira do estado do Rio com o estado da Guanabara, este último, por motivos óbvios, também conhecido como estado de Coisas.

E aqui estou eu, bebericando o meu "scotch-brás", e ouvindo uma estação de rádio local, dessas que ainda apresentam programas de discos atendendo a pedidos de ouvintes, na base do alguém-que-oferece-a-alguém. Agora mesmo o locutor acabou de anunciar:

— E em seguida, atendendo a pedidos de Júlia e Carmem que oferecem à sua mãezinha que hoje aniversaria, vamos ouvir Núbia Lafayette no tango-canção de Adelino Moreira, "Veneno".

Não é mesmo lamentável que duas jovens ofereçam "Veneno" à própria mãe, justamente no dia em que a pobre senhora cumpre o doloroso dever de embagulhar mais um ano? Pois estas coisas ainda acontecem em centenas de estações de rádio do interior, e só não acontecem mais nas emissoras do Rio porque a crítica malha, pois não faltam produtores radiofônicos cocorocas doidos para voltar aos programas de trinta anos atrás, para contemporizar sua comprovada incapacidade criadora.

Dona Núbia acabou de destilar (aos berros, sem a menor discrição) o "Veneno" do Sr. Adelino Moreira, e o locutor — implacável — anuncia outra bomba: — Em seguida, atendendo a pedidos de Alceu que oferece a Marina, Lídia que oferece a Armando, e Augusto que oferece à sua noivinha Laura, por motivo de sua diplomação no Curso 7 de Setembro (o locutor não explica que curso a noivinha fez), vamos ouvir Paulo Marquês cantando, de Billy Blanco, "Vaca de presépio".

Senhoras e senhores, eu conheço bem o cantor Paulo Marquês. É um excelente rapaz, assim como sou um dedicado amigo do compositor Billy Blanco. Posso garantir aos senhores que, quando o segundo compôs e o primeiro gravou o samba "Vaca de presépio", jamais imaginaram que a vaca fosse servir de homenagem à noiva do Augusto, quando se diplomasse. Estou certo, senhoras e senhores, que nenhum dos dois teria cometido essa temeridade, caso avaliasse as conseqüências.

Mas o que se vai fazer? O rádio no interior é assim mesmo e tem até finalidades sociais. Foi um desses programas alguém-que-oferece-a-alguém que casou o Santoro. Desde já acrescentando que Santoro foi um cavalheiro de cabeça irremediavelmente nordestina que, durante algum tempo, me vendeu fumo para cachimbo, água-de-colônia Bond Street e outros artigos devidamente contrabandeados.

Contou-me Santoro que morava numa cidadezinha perto de Campina Grande, onde funciona a Rádio Caturité, estação que mantinha um serviço de alto-falantes nas indefectíveis pracinhas públicas dos lugarejos circunvizinhos. Na cidadezinha do Santoro, esse serviço era requintado, porque, quando a Rádio Caturité não estava no ar, os alto-falantes irradiavam uma programação de discos diretamente do sobrado em frente à pracinha, onde um cronista mundano local atendia a pedidos, espiando da janela do sobrado os pares e grupos que passeavam e fofocavam na praça.

Santoro — na pia batismal Santoro Cavalcanti — era um freqüentador assíduo da praça, na esperança de que um dia seus lânguidos olhares para Firmina — a virgem de seus sonhos — fossem notados por ela. Santoro era encabulado às pampas, e nem sequer falava com a moça.

Um dia tomou coragem e, na hora do "a pedidos", subiu ao sobradinho e segredou qualquer coisa ao ouvido do cronista mundano. Este concordou e, pouco depois, já com Santoro sentado num banco, vestido no seu melhor terno, o azul, ouviram-se os alto-falantes anunciarem:

— Em seguida, atendendo a pedidos de alguém que está sentado no banco, de azul-marinho e pernas cruzadas, e que oferece a alguém que está de vestido verde, passeando na Praça João Pessoa em companhia da prendada Malvina Pereira e mais a filha mais nova de "Seu" José da Farmácia, vamos ouvir a "Valsa dos namorados", por Francisco Alves.

Contou-me ainda o Santoro que, mal a voz do cronista calou e começaram os primeiros acordes da valsa, todos os olhares convergiram sobre sua modesta pessoa. Ele ficou vermelho, sentiu aquele calorão na cara, mas tudo foi compensado com a aproximação de Firmina, que, ainda na companhia da prendada Malvina Pereira e mais a filha mais nova de "Seu" José da Farmácia, ao passar pelo banco onde ele se encontrava, mais duro que perna de bailarina, virou-se para trás e pronunciou um tímido "obrigada".

Daí pra frente foi mole. Tanto foi mole que Santoro casou com Firmina e têm filhos aos potes. O primogênito, aliás, num reconhecimento que muito dignifica o casal, chama-se Caturité Cavalcanti.

CÃO — MELHOR AMIGO DO HOMEM

O caso do trombone, contado pelo cômico Germano num programa de televisão, é absolutamente verídico. Apenas, em vez de trombone, o instrumento era piano. Como, minha senhora? Qual é o caso? A senhora não vê televisão? Faz muito bem, dona. Eu também, podendo, evito. Mas esse programa eu não pude evitar e vi. O citado comediante contou o caso de mãe zelosa que, não podendo ficar na sala, vigiando o noivado da filha, comprou um trombone para o noivo e obrigava-o a tocar o instrumento "porque enquanto o distinto tocava o trombone não podia estar em outras trombonadas".

O fato — dizia eu — é verídico. Um amigo pianista, no tempo em que foi noivo, em Cataguases (MG), de uma mocinha que tocava piano, era obrigado a dedilhar o teclado do austero instrumento, gloriosamente instalado na sala, sempre que a sua futura sogra não pudesse estar presente, na sua função de quarto zagueiro sentimental. A velha defendia a tese irrebatível de que, enquanto estivesse dedilhando o teclado, seu futuro genro estaria com as mãos ocupadas. Pobre senhora da TFM (tradicional família mineira), que nunca percebeu um detalhe: às vezes, quem dedilhava o piano era a filha, o que — conseqüentemente — deixava as mãos do noivo inteiramente livres para o exercício da chamada mão-boba.

Assim, quando vi na televisão o Germano contando o caso (apenas substituindo o piano pelo trombone, talvez para dar um ar mais caricato à história) lembrei-me do amigo que noivou em Cataguases (MG) e lembrei-me também do único noivado familiar a que se dedicou o abominável Primo Altamirando. Houve uma reação parecida por parte da senhora gorda, portuguesa e de carregado buço, que era justamente a mãe de Aparecida, a noiva de Mirinho.

A descrita senhora era um autêntico guarda-noturno à cata de promoção. Não relaxava nunca. Mirinho ali na sala, querendo partir para uns beijinhos, e a velha na poltrona, ao lado, pois, embora tivesse votado na legenda do PSD, sabia perfeitamente que, em política, o "preço da liberdade é a eterna vigilância", mas, em namoros, a coisa era justamente o inverso, isto é, o preço da liberdade (de Mirinho) é descuidar na vigilância (dela).

Lá um dia, porém, a velha cansou. Acordava muito cedo e cometeu a temeridade de cochilar na cadeira. Foi um cochilinho só, mas foi o bastante para — ao acordar — notar que no rosto de Primo Altamirando havia mais batom do que em qualquer mostruário de perfumaria. Percebeu então que seus cochilos poderiam prejudicar tudo e eram até um incentivo à prevaricação pré-nupcial. Agiu então de maneira semelhante à da hoje sogra de meu amigo que noivou em Cataguases (MG).

Senhora sem papas na língua, comprou uma sineta e, quando Mirinho chegou, à noitinha, "para conversar sobre o enxoval" (mas muito mais interessado na enxova do que no enxoval), foi logo dizendo, num carregado sotaque da Alfama:

— O raparigo vai perdoar-me, mas eu tenho outros afazeres domésticos. Fique, pois, com esta sineta e toque-a de minuto em minuto, para que oiça lá de dentro, percebes?

Mirinho percebeu. Pegou a sineta e levou pra sala, onde a noiva estava de olhos baixos, sentada no sofá, e o Tremoços, cachorrinho vira-lata de estimação da lusitana senhora, estava no tapete, de olhos fechados, dormitando. Dessa noite em diante o nefando Altamirando — se me permitem a expressão um pouco grosseira — lavou a égua.

O arranjo que bolou para tais facilidades foi simples: amarrou a sineta no rabo do Tremoços. De minuto em minuto estalava os dedos, o cachorro balançava o rabo, a sineta tocava e a velha sorria, tranqüila, lá no quarto.

DE TARADA E CAFEZINHO

Era um vôo desses que eles chamam de "ponte aérea". Um vôo normal, num tempo normal, em condições excelentes. Céu azul, desses de deixar brigadeiro tranqüilo, ia tudo correndo tão bem que o comandante ligou o tal de piloto automático e ficou conversando com o co-piloto. E, como tudo que é mole deixa a gente displicente, os dois nem repararam que tinham deixado o microfone ligado para o interior do avião.

Foi por causa disso, aliás, que os passageiros estranharam quando ouviram a voz do comandante dizendo assim:

— Pois é isso, meu caro Azevedo (Azevedo era o nome do co-piloto), estou doido para chegar a São Paulo, que o papai aqui hoje arrumou uma mulherzinha, que eu vou te contar. Boa pra burro.

Se o comandante ficasse só nisso, ainda vá, mas, como não sabia que deixara o microfone ligado, começou a entrar em detalhes do que iria fazer com a tal garota.

— Azevedo, meu velho, vai ser fogo — continuou o comandante. — Eu vou pegar essa benemérita e vou... (e tome de entrar em detalhes; ia fazer isto e mais aquilo, ia lascar

esta e mais aquela, ia experimentar isso e mais outras tantas misérias lúbricas).

Aí — depois de bastante barbaridades — ouviu-se, isto é, os passageiros ouviram alguém pigarrear junto ao microfone e começar a falar. Era o co-piloto.

— Pois, meu comandante — disse ele —, eu já não perco mais tempo com qualquer mulher. Hoje em dia eu só gosto de duas coisas. Mulher tarada e cafezinho.

Nesta altura a aeromoça apavorou. Antes que o co-piloto entrasse em detalhes, se mandou do fundo do avião, em direção à cabina de comando, para avisar que o microfone estava ligado.

— É do que eu mais gosto, velhinho: tarada e cafezinho — repetia o co-piloto, justamente quando a aeromoça se aproximava da porta da cabina. E quando ela abriu a porta para entrar, um passageiro gritou lá de trás.

— Aí, hem, dona! Esqueceste de levar o cafezinho dele.

VACA, PORÉM HONESTA

Ontem estive na fazenda, para descansar um pouco das lides urbanas. Sentado no varandão, via o gado voltar do pasto. De repente, uma vaca, entre tantas vacas, me chamou a atenção. Não sei explicar direito por que foi: talvez a elegância no caminhar, talvez o olhar altivo, de vaca que sabe onde tem o seu focinho.

Lá ia ela com uma cadência cheia de dignidade, a caminho do curral. Não tinha a pressa das deslumbradas do *café-society*, nem a moleza das velhotas de repartição pública, que atrasam o passo no corredor dos ministérios, para passar o menor tempo possível produzindo. Era aquele andar medido, o andar das rainhas quando chegam a uma recepção de gala.

Seu balançar de rabo era discreto e sumamente elegante. Vocês precisavam ver a repreensão muda que passou num bezerro alheio que veio com intenções de mamar o que não era seu. Um mudo, um simples, mas um olhar que continha tanta repreensão não podia deixar de passar despercebido até a um bezerro. O pobrezinho saiu de cabeça baixa, encabulado.

E lá ia a vaca. Vaca, porém honesta! Seu pisar era tão macio e belo que lembrava o dessas moças que são modelos das casas de moda feminina. A diferença entre seu jeito e o jeito das companheiras mostrava a sua linhagem. Impossível descrever toda a nobreza do andar de uma vaca. O espetáculo tem um leve quê, um quase imperceptível tom de coqueteria, tão comum às grandes damas, que não abdicam de sua dignidade nem se deixam ficar num pedestal da frieza estudada. Este é, aliás, o principal segredo das elegantes nobres: atenções para com seus semelhantes sem distinção de castas mas também sem chegar à promiscuidade. A dama que busca na altivez inquebrantável o seu desejo de transmitir superioridade é uma coitada, quando não é simplesmente imbecil.

A vaca que passou tinha todos os dons das damas assinaladas pela nobiliarquia moderna, isto é, nobreza de atitudes acima da nobreza de linhagem. Era uma elegante total, inquebrantável, perfeita.

Não sei por que não está na lista das dez mais elegantes dos cronistas mundanos. Vai ver que é porque ela não freqüenta.

A SENHORA DO FALECIDO

Agora, esta. O telegrama de São Paulo conta que um coitado, que se dava ao feio vício da embriaguez, estava pisando torto na Via Dutra e acabou atropelado por um ônibus. Tratava-se do padeiro Tomasini Paradocce que, pelo nome, não deve ser cearense. Apanharam o corpo do coitado na citada via e carregaram para a casa da viúva, onde esta o identificou facilmente por diversos sinais que trazia no corpo. E ninguém pode estar mais familiarizado com os sinais do corpo de um extinto do que a viúva do próprio.

Começou então o velório. Compraram um caixão de 60 mil cruzeiros, que o telegrama é rico em detalhes, e ficaram velando o corpo do padeiro Paradocce, que baixaria à cova no dia seguinte, no cemitério de Guarulhos. Os amigos foram chegando, abismados, incrédulos, temerosos da verdade e, ao darem com o padeiro esticado em cima da mesa, rendiam-se à dura realidade e começavam a chorar.

Muitos choravam a morte do cachaceiro, que era muito querido na zona, e ninguém podia deixar de louvar a atitude da viúva, que mantinha a sua dignidade ao lado do defunto, muito lívida, mas contendo as lágrimas. Estas coisas são assim mesmo. Quando morre um ente querido, o choque é tal que aqueles que mais sentirão a sua morte, nos primeiros momentos, ficam como ausentes, de olhar parado e ar abobalhado.

A viúva vinha se comportando assim já ia pra algum tempo, quando o falecido foi solto. Explico: o falecido não era o padeiro Tomasini Paradocce, mas um outro bêbado qualquer, parecido com ele. O padeiro tomara uma carraspana violenta na véspera e tinha ido em cana.

Ao saber do seu enterro, correu para casa e foi recebido com alegria geral. Todos pulavam, riam, cantavam e dançavam (sabem como é italiano, né?). Foi aquela festança inicial e ninguém se lembrou de que, embora não sendo o padeiro, alguém morrera. Correram todos para a beira do caixão, na esperança de identificar o cadáver, e foi aquela surpresa: no mesmo lugar em que estivera até então, a senhora Tomasini Paradocce chorava copiosamente.

— Pobre dela. Está chorando de alegria porque o marido voltou — exclamou uma vizinha.

Mas a ex-quase-viúva protestou:

— Alegria uma ova. Estou chorando é de tristeza. — E, apontando para o padeiro: — *Porca miseria... questo cretino è ritornato a casa!*

CORDÃO DOS COME-SACO

Em Londres, que ultimamente não tem sido uma capital das mais britânicas (ou talvez os britânicos é que não sejam tão londrinos assim, sei lá), vai se inaugurar uma exposição internacional de embalagem. Até aí, tudo normal, como dizem os anormais. Há, no entanto, uma nova indústria que se fará representar nessa exposição que está causando a maior curiosidade: a dos sacos comestíveis.

Como, minha senhora, de quem é que é o saco? Calma, madama, eu já chego lá. A indústria foi inspirada na salsicha, e isto dito assim fica meio sobre o jocoso, mas torno a explicar que com vagar se chega ao saco. É o seguinte: não sei se vocês já repararam que as salsichas, ultimamente, não têm mais aquela pele indigesta que a gente comia antigamente e ficava trocando seu reino por um bicarbonato. Hoje em dia, a pele das salsichas é fininha e a gente come sem o menor remorso estomacal posterior.

Pois essa pelinha, irmãos, é de matéria plástica comestível. Foi inventada por um Thomas Edison das salsichas e aprovada num instante. E, baseada nessa aprovação é que uma fábrica de embalagens estudou a possibilidade de fazer sacos para carregar comida das mercearias para o lar, capazes de serem também comidos, isto é, um saco de matéria plástica parecida com a das salsichas, que seria vendido aos armazéns e utilizado pelos fregueses para transportar a mercadoria comprada. Entenderam, ou tem leitor retardado mental?

Agora, que fica bacaninha, isto fica. Num instante vão aparecer os estetas dos refogados, para melhor aproveitamento do saco. As Myrthes Paranhos do mundo inteiro vão publicar receitas de como se prepara um saco de matéria plástica para o almoço, e os jornais, nas suas seções dominicais de culinária, terão títulos como este: "Saquinho de siri", "Saco au champignon", "Saco a la façon du chef", etc., etc.

E parece até que aqui o neto do Dr. Armindo está vendo uma dessas grã-finas, sempre mais preocupadas com o aspecto exterior do que com o aspecto interior, fazendo um rigoroso regime alimentar e dizendo para a empregada, quando esta volta do mercadinho com as compras:

— Para mim não precisa preparar almoço, não. Eu como só o saco.

MULHER MEDICINAL

Primo Altamirando é que diz que, se fosse médico, receitava mulher para seus pacientes, na maioria dos casos; e se fosse médico de senhoras, certamente receitaria homem para curar 90% das enfermas. Mirinho geralmente não tem razão, mas nesta ele acertou, a julgar pelas estatísticas conseguidas na Alemanha e publicadas aqui pela confreirinha jornalista Helena Ferraz, em sua coluna dominical. É que lá na República Federal Alemã as autoridades estão fazendo campanha para os solteiros deixarem dessa besteira de viver sozinhos. E, para provar que é besteira, andaram fazendo consultas e chegaram a resultados impressionantes. Quarenta e dois por cento dos solteiros consultados — quase a metade, portanto — acham que não casam porque é melhor ficar como estão. Eu não tenho nada com isto, mas os caras que responderam nesta base são todos daqueles que iriam ao baile de Carnaval fantasiados de "Libélula", se houvesse baile de Carnaval na Alemanha. Isto eu posso garantir aos caros leitores uagaenses. O resto alegou falta de saúde, falta de tempo, etc. (são motivos mais justos, embora falta de tempo pra mulher exija exame psicotécnico do suspeito). Os médicos alemães insistem, no entanto, na campanha para casar os solteiros, após estudos que trouxeram revelações interessantes: o celibato é um negócio danado para entortar a vida da gente. De quatro homens que se entregam ao vício do pileque contumaz, três são solteiros; doenças que se pegam por falta de cuidado, desde o simples resfriado à úlcera, são muito mais constantes nos desgarrados do que nos agarrados. E os suicídios, irmãos, embora exista mulher chata às pampas, são muito mais do gosto dos solteiros, numa proporção de cinco para um, o que não deixa de ser uma goleada. Contei estas passagens a Primo Altamirando e ele ficou tão orgulhoso da sua tese de que o melhor remédio para homem é mulher, que exagerou logo. Depois de ouvir minha explicação baseada nas estatísticas, comentou: "Aliás, para curar de vez mesmo, o melhor é receitar duas mulheres para cada homem."

MÁQUINA DE FAZER DOIDO

O amigo me conta que, mais do que nunca, Tia Zulmira está de parabéns, por ter apelidado televisão de "máquina de fazer doido". Embora o apelido seja óbvio, eu perguntei:

— Por quê?

E ele:

— Minha filha!

— Ficou doida?

— Está caminhando para isso. Ela só fala em linguagem de televisão. Eu já proibi que ela visse até os programas em que Dom Hélder Câmara tenta explicar à gente que é mais bonzinho que nós, mas quem pode evitar que uma criança veja televisão? Enquanto eu estou em casa ela obedece, mas... e quando eu não estou? ou então: e quando ela está na casa da avó?

E o amigo conta coisas como esta:

— Ontem, ela saiu com a empregada para comprar macarrão para o almoço. Quando eu a vi saindo, perguntei onde ia e ela me respondeu cantando, com aquela musiquinha terrivelmente imbecil do Bat Masterson:

— "Vou com a copeira lá na rua/ Comprar coisas pra refeição/ Na hora de botar na mesa/ Bote macarrão/ Bote macarrão."

— Que idade ela tem? — perguntei.

— Doze anos.

— E fez o versinho na hora, inspirada em Bat Masterson?

— Fez.

— Então o caso é grave.

— Gravíssimo — superlativou o amigo, arregalando os olhos. Uma criança que se inspira em Bat Masterson para fazer uma gracinha para o pai é um futuro debilóide da Pátria.

Concordei, com ar grave, e ele esclareceu que esse é um exemplo em muitos. A televisão está fazendo doido em série, que nem os americanos faziam jipe, durante a guerra. E contou mais esta:

— Ontem, eu cheguei e, quando ela ouviu barulho de passos na sala, perguntou lá de dentro se era eu. Quando obteve a resposta afirmativa, veio de lá, falando com voz de locutor sensacionalista: "Naquela tarde de agosto da década de trinta, protegida por Elliot Ness e os federais, a menina foi até a sala disposta a dar um beijo no Papai."

Abraçou-o e deu o beijo. Depois fez uma rajada de metralhadora imaginária com a boca: tá-tá-tá-tá-tá... e caiu "morta" no tapete.

EL SOMBRERO

Cena: região inóspita e de vegetação raquítica, com um vento leve a suspender a poeira, enfim, uma paisagem de região subdesenvolvida. Ao fundo uma igreja tosca de onde vem o murmúrio dos fiéis rezando. Nisso surge um mexicano daqueles, de bigode escorrido, sombrero enterrado até as sobrancelhas e olhar preguiçoso, de olhos semicerrados. Debaixo do braço um violão e no andar a displicência de todos os mexicanos.

Pára à porta da igreja, olha lá pra dentro e resolve entrar, sem se dignar a tirar o sombrero. Desrespeitosamente, entra com ele enterrado na cabeça, sempre abraçado ao violão. Uma senhora de preto e ar compungido que está no último banco olha-o e chama a sua atenção:

— Señor, el sombrero!

O mexicano parece não a ter ouvido e continua a caminhar devagar pelo corredor entre os bancos. Logo uma outra senhora, alertada pelo protesto da primeira, interrompe suas orações e sussurra ao seu ouvido:

— El sombrero, señor!

Mas o mexicano não dá importância e continua sua caminhada:

— El sombrero — reclama um velho exaltado, de dedo no nariz do mexicano, que passa por ele sem o menor sinal de atenção.

Pouco a pouco todos os presentes estão a exigir que tire o chapéu, e os gritos de "el sombrero" partem praticamente de todas as bocas:

— El sombrero, el sombrero, el sombrero.

O mexicano impávido. Até parece que não é com ele. É quando o sacristão resolve tomar uma atitude e, já no fim do corredor, agarra-o pelo braço e diz:

— El sombrero, por favor!

Então o mexicano pára, olha em volta com seu olhar preguiçoso e, empunhando o violão, diz:

— Ya que ustedes insistem... De Perez y Gimenez, cantaré "El sombrero".

VOVOCÍDIO

Vinham os dois no Volkswagen, puxando uns 120 quilômetros, na esperança de atropelar alguém, mas não deram sorte. Pararam em frente ao edifício, um deles deu a última puxada no cigarro de maconha e disse para o irmãozinho:

— Vamos subir.

Ainda no elevador, tiraram as japonas para facilitar o serviço. Entraram no apartamento, puseram as japonas em cima de uma poltrona e gritaram para a avozinha deles:

— Vovó... vem cá, vovó!

A velhinha, coitada, que não sabia qual era a brincadeira que eles tinham inventado, veio lá de dentro com seu passinho miúdo, sorrindo para os netinhos e, mal ela chegou perto, um deles puxou uma faca e enfiou na barriga da velha. Para que ela não gritasse — o que poderia estragar o brinquedo —, o outro acertou-lhe uma cacetada na cabeça com tanta força que o olho esquerdo dela pulou longe e foi cair perto do gato, que assistia à cena displicentemente, deitado numa almofada. Antes que o gato tivesse qualquer pretensão em almoçar o olho da avó, um dos netos apanhou-o do chão e foi guardar no bolso da japona.

— Pra que guardar esse olho? — perguntou o outro.

— É que amanhã eu vou pescar e o Ricardinho disse que olho humano é boa isca pra garoupa.

— Você sempre com essa mania de pescar, pombas! Dá outra facada nas costas dela, que vovó ainda está se mexendo, e deixa as pescarias pra lá.

O que guardava o olho obedeceu. Retirou a faca do abdome da velha e enfiou atrás, mas a lâmina enguiçou no meio. Devia ser algum osso. Tornou a puxar e enfiar um pouco pro lado e — felizmente — a faca entrou todinha.

— Acho que ela já apagou o pavio — disse o que dera a cacetada. E — para experimentar — bateu devagarinho com o porrete no queixo da velha.

— Ela tá rindo — exclamou o da faca, com um olhar meio apavorado.

— Rindo nada, idiota. É a dentadura que está escorregando.

Levantaram a boa senhora e ficaram indecisos quanto ao lugar onde colocar o corpo. Tinham imaginado a brincadeira só até aí, e agora se apresentava um problema novo: onde colocar o corpo. Acabaram recolocando em cima do tapete, para pensar.

— Nós somos mesmo uns palhaços — disse o mais alto, que parecia ser o autor intelectual da brincadeira: — Onde já se viu brincar de assassino e esquecer o detalhe do esconderijo do corpo?

— E se a gente jogasse pela janela? — aventou o mais baixo.

— Pode dar galho.

— Isso é!

Um deles levantou-se e espantou o gato com um pontapé, pois o gato estava cheirando o dedinho do pé da velhinha, com ar suspeito. O gato fugiu para a cozinha e, ao segui-lo com o olhar, ele teve a idéia que, logo em seguida, chamaria de "idéia-mãe". Botar o corpo na geladeira:

— Tive uma idéia-mãe — berrou: — Vamos botar vovó na geladeira. Assim o corpo fica conservado e amanhã, quando você for pescar, joga ela na Barra.

— Boa! — disse o irmão. E foi até a geladeira espiar para ver se tinha espaço. Voltou meio desanimado. A mãe deles tinha comprado uma leitoa para o almoço de domingo e a bichinha estava lá dentro, na vinha-d'alhos.

— Você gosta mais de vovó ou de leitoa? — perguntou o outro, chateado: — Tire essa leitoa daí e vamos enfiar vovó aí dentro de qualquer maneira.

A operação demorou um pouco. A avó era muito velha e tinha as juntas muito duras. Tiveram que fazer força para dobrá-la lá dentro. Mas conseguiram. Estavam ambos a admirar o jeito que tinham para a coisa, quando a mãe chegou em casa. Fecharam a geladeira depressa e correram para o quarto, cada um abriu uma revista de amor e ficaram fingindo que liam.

Mas não demorou muito e a mãe descobriu a travessura. Ficou danada da vida e proibiu os dois de irem à praia uma semana, para aprenderem a não sujar mais o tapete da sala com sangue.

Capa e projeto gráfico
Angelo Venosa

Ilustrações
Jaguar

Produção editorial
Felipe Schuery

CIP-Brasil. Catalogação-na-fonte. Sindicato Nacional dos Editores de Livros, RJ.

P857r Ponte Preta, Stanislaw, 1923-1968
Rosamundo e os outros / Stanislaw Ponte Preta; [ilustrações originais de Jaguar]. — Rio de Janeiro: Agir, 2008.
il.

ISBN 978-85-220-0740-0

1. Crônica brasileira. I. Jaguar, 1924-. II. Título.

08-1473 CDD: 869.98
CDU: 821.134.3(81)-8

08 09 10 11 12 8 7 6 5 4 3 2 1

AGIR

AGIR EDITORA LTDA. – Uma empresa Ediouro Publicações S.A.
Rua Nova Jerusalém, 345 – CEP 21042-235 – Bonsucesso – Rio de Janeiro – RJ
Tel.: (21) 3882-8200 fax: (21) 3882-8212/8313

O autor pela editora Agir:

Febeapá 1, 2 e 3 – Stanislaw Ponte Preta

O Festival de Besteira que Assola o País registra as façanhas de militares obtusos, políticos toscos, funcionários públicos kafkianos e outros "cocorocas" – apelido carinhoso para todos aqueles que se esforçaram para engrandecer o frondoso absurdo da realidade brasileira. São páginas que se percorrem entre o sorriso e a gargalhada.

"Nas areias fofas de Copacabana ou nas dunas ondulantes de Ipanema, as dores ladravam e Sérgio Porto passava."

– do prefácio de Millôr Fernandes

Seis novelas sobre mulheres sedutoras, das que posam de bacanas postadas à beira-mar às moças da classe média mais empedernida. O Rio de Janeiro é um personagem ativo, com ânimos, psicologia e, claro, muito humor.

"O Rio de Janeiro voltou a produzir um grande novelista a somar-se à família que vem de Machado de Assis a Lima Barreto, de Marques Rabelo a Miécio Táti."

– do prefácio de Jorge Amado

As cariocas – Sérgio Porto

Tia Zulmira e eu – Stanislaw Ponte Preta

Tia Zulmira, fundadora da dinastia que inclui o Primo Altamirando e Rosamundo, foi apresentada aos leitores neste livro, que deu início a uma das mais divertidas e bem-sucedidas brincadeiras entre criador e criatura da literatura brasileira.

"Quando *Tia Zulmira e eu* foi lançado, em 1961, Sérgio fez o prefácio: tudo a ver. Ele explica: 'Stanislaw Ponte Preta foi criado junto comigo e, praticamente, é meu irmão de criação'."

– do prefácio de Jaguar

A casa demolida é um livro comovente sobre infância, passado, memória e amores correspondidos ou extraviados. Uma pequena obra-prima da crônica brasileira.

"Sérgio Porto não é um escritor autobiográfico. É, antes, um cronista que se vale de experiências – vividas ou imaginadas – para nos falar mais como testemunha do que como personagem."

– do prefácio de João Máximo

A casa demolida – Sérgio Porto

Primo Altamirando e elas
– Stanislaw Ponte Preta

"Padres, primos e pombos – os dois primeiros não servem para casar, os dois últimos só servem para sujar a casa." A pérola de Tia Zulmira, sábia ermitã da Boca do Mato, já insinua sua impaciência com o inescrupuloso, o nefando, o abominável Primo Altamirando, parente que chegou ao mundo num embrulho de jornal, levado debaixo do braço pelo Tio Gumercindo. A flor dos Ponte Preta nunca mais foi a mesma.

"Nada detém Sérgio Porto e seus personagens. O Festival de Besteiras que Assola o País continua mais forte do que nunca. Afinal, como sempre disse o Stanislaw: 'Ser imbecil é mais fácil.'"

– Do prefácio de Marcelo Madureira

Este livro foi composto em Baskerville
e impresso pela Ediouro Gráfica
sobre papel pólen bold 90 g
para a Agir em maio de 2008.